文春文庫

武士の流儀（八）

稲葉稔

文藝春秋

武士の流儀 八

第一章　男の矜持

一

　その日の夕刻、桜木清兵衛《さくらぎせいべえ》は町奉行所時代の朋輩大杉勘之助《おおすぎかんのすけ》の誘いを受け、酒肴《しゅこう》を馳走になっての帰りだった。

　清兵衛は隠居の身なので、勘定は現役の勘之助持ちであった。むろん、勘之助も当初から清兵衛に馳走するつもりだったし、吝嗇《りんしょく》でもない。互いに「おれ」「おぬし」と呼び合う仲なので話ははずむが、どれもこれも他愛ないものだった。

　それでも勘之助と過ごす一時は楽しい。勘之助が誘ってくれた店は、日本橋通三丁目から少し東へ入った新右衛門町《しんえもんちょう》にある小体《こてい》な料理屋だった。

　新鮮な刺身に天麩羅《てんぷら》と上々吉《じょうじょうきち》の下り酒。久しぶりに贅沢をさせてもらった清兵衛は至極満足していた。

店を出ると、楓川《もみじがわ》沿いの河岸道に出、新場橋《しんばばし》の袂《たもと》で勘之助と別れた。清兵衛はそのまま河岸道を辿った。ようやく夏の暑さが去り、道端の草叢《くさむら》で虫たちが鳴いている。空には皓々《こうこう》とした半月が浮かび、雲がときどきその光を遮っていた。

ほろ酔いの清兵衛は夜風を気持ちよく感じながら歩き、本材木町《ほんざいもくちょう》七丁目に入ったところで松幡橋《まつはたばし》をわたった。どこからともなく流れてくる清搔《すが》きの音に合わせ、

〽逢うて別れて　別れて逢うて　末は野の風　秋の風……

ついつい、鼻唄が口をついた。ほろ酔いなので手に持つ提灯《ちょうちん》が揺れている。

それは橋をわたってすぐのところだった。背後に何か影を感じたと思ったら、いきなり後頭部に強い衝撃があった。

それからいかほどたったのかわからないが、気を取り戻し、目をうっすらと開けると、目の前に一人の男がいた。巨軀《きょく》だ。自分をのぞき込むように見ていた。

「な、なんだ」

清兵衛は驚いて半身を起こした。

「おぬしは何者だ？」

「旦那、そりゃないですよ。道端で倒れていたんで、あっしが担いできたんです。酔ってんでしょ。声をかけても返事をしない。それに酒臭い。あんなところで寝てたら風邪引いちまいますよ」

男は体は大きいが気弱そうな顔をしている。

「わたしが道端で寝ていた……」

清兵衛はつぶやいて記憶の糸をたぐり寄せるように視線を泳がせ、後頭部に手をやった。鈍い痛みがある。それで思い出した。

「わたしを後ろから殴りつけたのはおぬしか？」

清兵衛は男をにらんだ。

「まさか、そんなことはしていませんよ」

「いや、わしは殴られたのだ。そして気を失って倒れたのだ」

「誰に殴られたんです？」

「そんなことはわからぬ。だが、殴られたのはたしかだ」

「なぜ殴られるんです？」

「それは……殴ったやつに聞かなければわからぬこと」

そこで清兵衛ははっとなって家のなかを見まわした。

どこにでもある九尺二間《くしやくにけん》の長屋だ。部屋の隅には夜具が畳まれていて、長押《なげし》に打った釘には継《つ》ぎ接《は》ぎだらけの着物が掛けられている。上がり口のそばには古傘が束ねられていた。調度は少ないが、生活臭はある。

「ここはどこだ？」

「あっしの家ですよ。声をかけても旦那が起きないんで、担いできたんです」

「すると……おぬしは、わたしに親切をしてくれたというわけか……」

清兵衛は男をまじまじと見る。日に灼《や》けた黒い顔に団子鼻、小さめの目。腫れぼったい唇のまわりには無精髭《ぶしようひげ》が生《は》えていた。

「まあ、親切というわけじゃありませんが、親切といわれりゃ親切をしたのかもしれません。へへへ」

男は気弱そうに笑う。

「いや、まだよくわからぬが、とにかく何者かに殴られたわたしを助けてくれたのだな。そうであったか。いや、これは申しわけないことを」

清兵衛は居住まいを正し、頭を下げた。

「いやいや、お侍の旦那に頭を下げられちゃ、あっしはどうしたらいいかわかりません。とにかく気がつかれてようござんした」

　男はほっと安堵《あんど》の表情になる。どうやら悪い男ではなさそうだ。

「わたしは桜木清兵衛と申す。そなたは？」

「そなただなんて、へへ、くすぐったいですね。あ、あっしは与助《よすけ》といいやす」

「与助か。とにかく世話になった。ところでここはどこだ？」

「あっしの家です」

「それはわかっておる。この住まいの場所だ」

「この家の場所ですか。場所は松屋町《まつやちょう》ですが……」

「するとわたしがわたった松幡橋のそばか」

「さいです。旦那は伸びたように倒れていましてね。それで声をかけても体を揺すっても起きないんで……」

「それはすまなんだ。わたしは本湊町《ほんみなとちょう》に住んでいる隠居である。親切をしていただき、あらためて礼を申すが、いま何刻であろうか？」

「さっき四つ（午後十時）の鐘が聞こえたんで、四つは過ぎています」

「四つ過ぎか。これはいかぬ。与助、親切をしてもらい、このまま帰るのは気が引けるが、家には妻が心配して待っている。あらためて礼をしに来るので今夜はこのまま帰ることにする」

「へえ、ちゃんと歩けるんでしたら、帰ったほうがようございましょう」

清兵衛は再度礼をいって与助の長屋を出た。

二

「それで何か思い出しましたか？」

朝餉《あさげ》を終えた清兵衛に、茶を差し出しながら妻の安江《やすえ》が顔をのぞき込むように見てくる。

「うむ、それがとんと思い出せぬのだ。橋をわたるときに清掻きの音が聞こえてきて、そして鼻唄を歌ったような気がする」

「鼻唄を……」

安江は目をまるくして、めずらしいという。

「気分がよかったのだ。そこまでは覚えているが、あとはさっぱりだ」

清兵衛は頭を左右に振り、おのれとしたことが、とんだしくじりだと反省する。

町奉行所時代には、こんなことは一度としてなかった。気の緩《ゆる》みだと、おのれを責める。

「とにかくたん瘤《こぶ》だけですんでようございました。それに盗まれたものは何もなかったのでしょう？」

「うむ、財布もちゃんとあった。さほど入ってはおらぬが……」

「与助さんにはあらためてお礼をしなければなりませんね」

「これから行ってこようと思う。あの者に助けられなかったら、身ぐるみ剝《は》がされていたかもしれぬからな。そういう悪さをするやつは、町のほうぼうにいる」

「とにかくお礼に行ってらっしゃいませ。でも、何がいいかしら？　お金？　それとも菓子折か何かお持ちになりますか？」

「貧乏暮らしのようだから心付けを包んでやろう。そのほうが喜ぶだろう」

「では、そうなさいまし」

清兵衛は茶を飲むと、そのまま本湊町の家を出た。空は高く晴れわたり、鳶《とび》が気持ちよさそうに飛んでいた。

歩きながら、いったい何者に襲われたのだろうかと考えるが、まったく見当がつかない。犯人は自分を殴ってそのまま逃げたのだろうが、いったい何のためにそんなことをしたのだ？

追い剥ぎなら懐《ふところ》にあった財布を盗んだだろうが、金も刀も盗まれていない。命を取られなかったのは幸いであるが、とにかく殴った相手の目的が不明だ。

八丁堀に架かる中ノ橋をわたり、本八丁堀の河岸道を歩く。どこの商家も大戸を開け、暖簾《のれん》をかけて商売をはじめている。道行く者に声をかけてくる小僧もいた。

弾正橋《だんじょうばし》の手前を右に折れたとき、松幡橋の向こう、本材木町六丁目にある河岸場に人がたかっていた。立ち止まって眺めると、町方同心の姿が見えた。誰だかわからないが、何やら調べをしているようだ。

いまや隠居の身である清兵衛は、下手に立ち入らぬほうがよいと考え、通りすぎて与助の長屋に入った。木戸口から二軒目の家がそうだ。

ひょっとすると、仕事に出かけたあとかもしれないと思ったが、声をかけると、すぐに戸が開き、

「あ、これは桜木の旦那さん、何か忘れ物ですか？」

と、与助が目をしばたたく。

「忘れ物はない。昨夜は世話になりいろいろと申しわけないことをした」

「いやいや、気にすることはありませんよ」

「ちょいとよいかな」

「へえへえ、どうぞ。汚いところですが……って、もうご存じですよね。えへへ」

明るいところでよくよく見ると、与助はどこか間の抜けた顔をしている。大きな図体のわりには卑小なほど腰が低い。

「与助、昨夜の礼である。些少《さしょう》ではあるが納めてくれ」

「ええっ！　な、なんですか？　こんなもんもらっていいんですか？」

中身を見もせず、与助は驚き喜ぶ。そして、包みを開くと、そこに一分金（一両の四分の一）が二枚。

「ひゃひゃひゃー、こ、こんな大金を、ええ？　旦那さんいいんで、いいんですか？　ありがとうございます、ありがとうございます、これでうまい酒が飲める」

「酒でもうまいものでも何でも腹の足しにしてくれ」

与助は居間に座り、何度も大きな体を折って喜ぶ。

「それで仕事は何をしてるんだね？」

「あっしですか。あっしは古骨買《ふるぼねか》いです」

「古骨……」

「傘です。傘の買い付けをしてまわってんです。ここんとこ天気がいいんで、今日は休んでいたんですが、旦那さんが見えて、いやあ得した得した」

「傘の古骨買いか……そうであったか」

たしかに三和土《たたき》の脇に傘の古骨が束ねてある。

古骨買いは破れた傘を安く買い取って、傘屋に卸《おろ》す商売だ。その際、破れた油紙を丁寧に剝がし、洗ってから味噌屋《みそや》などに買い取ってもらう。買い取られた油紙は、味噌を包む紙になる。

「いくらにもならねえ商売ですが、あっしにはそんなことぐらいしかできないんです」

「真面目にはたらくというのは尊いことだ。それでいまいくつだ？」

「歳ですか？　歳は三十になった気もしますが、勘定したことないんで……へえ」

すみませんと、与助は頭を下げる。どうにも憎めない男だ。それに正直者だというのがよくわかる。

「女房はいないのか？」

「こんなあっしに来る女なんていませんよ。女は嫌いじゃないいんですが……へへ」

与助が照れ笑いをしたときに、戸口に人が立った。

「お客さんかね」

髪に霜を散らした初老の男だった。

「こりゃ大家さん。何かあったんで……家賃なら払いますよ」

「いや、今日はそういうことではないのだ」

大家はちらりと清兵衛を見てから言葉をついだ。

「昨夜、そこの川で人が殺されたらしいんだよ。それで町方の旦那が調べをやっているんだがね。あやしい者を見なかったか聞いてくれと頼まれているんだ。おまえさん、そんな男か女か知らないが見なかったかね」

「殺しですか……」

与助は小さな目を見開いて驚く。

上がり框《かまち》に座っている清兵衛は、この家に来る前に見た人だかりがそうだったかと気づいた。

「どうして殺しだとわかったんだね？」

清兵衛は大家に聞いた。

「今朝のことですが、松幡橋の袂に死体が浮かんだんです。それで大騒ぎになっておりまして、町方の旦那が調べると腹を刺されて殺されたのがわかったんです。調べでは、殺しがあったのは昨夜のようなんです」

「殺された者の身許《みもと》は？」

「どこかのお侍のようです。まだ若い人ですよ。何があったのか知りませんが、可哀想なことです。で、与助さん、あやしい者は見なかったんだね」

大家の口調には、おまえに聞いてもしかたがないが、といったひびきがあった。

「ええ、見なかったですよ」

与助が答えると、大家はすぐに立ち去り、隣の家に声をかけていた。

「殺しか……」

清兵衛は小さくつぶやいて、与助に顔を戻した。と、与助がそれまでとはちがう目を向けてきた。尻をすって後《あと》じさる。

「だ、旦那、まさか、だ、旦那が……」

与助は声をふるわせ、まばたきもせずに清兵衛を見た。

三

「与助、思いちがいするでない。わたしが殺したと思っているのか？」

「だ、だって、旦那が倒れていたそばで……」

与助は壁に背中を張りつかせ、凍ったような顔をする。清兵衛は与助を眺めながら、こやつはおれが殺された男と揉み合うか斬り合うかして、相手をうまく殺したが、自分も何かの拍子に倒れたと考えているのかもしれない、と思った。

「わたしが殺しの下手人だと思っているのなら大きなまちがいだ。その証拠に……」

清兵衛は脇に置いていた大刀をつかむと、すらりと抜いた。

「ひゃ、ひゃあー、か、勘弁です。どうか命ばかりは……」

与助はさらに動いて居間の奥に行って大きな体をふるわせる。

「与助、よく見るがよい。人を斬った刀には血がついているか、脂《あぶら》が残っている。この刀にはそんなものは毫《ごう》もついておらぬ」

「で、でも……」

与助はすっかり怯《おび》えて膝を抱える。

清兵衛はこれは困ったことになったと思った。もし、与助が勘ちがいしたままのことを触れまわったら面倒な事態になる。

「与助、落ち着け。わたしは何もしておらぬ。昨夜は昔馴染《なじ》みの仲のよい者と新右衛門町の料理屋で酒を飲んでの帰りだったのだ。ところが松幡橋をわたったところで、背後から何者かに襲われて気を失った。そして、おぬしがわたしに気づいて助けてくれた。それがすべてだ。嘘偽りはない」

清兵衛は刀を鞘《さや》に納めた。

「でも、あのそばで殺しがあったんです。旦那が疑われても……」

「わたしを疑っているのか」

清兵衛は与助を見つめる。このままでは疑いをかけられるかもしれない。それはとんだ迷惑で面倒なことだ。

ならばいかがすればよいかと、清兵衛は忙《せわ》しく考えてから口を開いた。

「与助、わたしを疑うなら、おぬしにも疑いがある」

「へっ、ど、どういうことで。あっしは殺しなんかやっちゃいません」

「昨夜、おぬしは倒れているわたしを見つけて助けた。しかし、その前におぬしがどこで何をしていたかを知らぬ。背後からわたしを襲ったのはおぬしかもしれぬ」

「そ、そんなことはしてません」

「していないというたしかな証拠はあるか？」

「……そんなものは……」

「ひょっとすると、おぬしが若い侍を殺して川に突き落とした。そのときそばを通りがかったわたしに見られたと思い、わたしを襲って殴りつけた」

「ま、まさか、そんなことはやっちゃいません」

与助はぶるぶる顔を振っていう。

「若い侍を殺したおぬしは、わたしを襲って気絶させたが、殺しの場を見られたかどうかたしかめたくなった。それで、この家にわたしを担ぎ入れ、話を聞いた。わたしが何も気づいていないと知ると、おぬしは親切な男になりすまして……」

「そ、そ、そんなことはありません。あっしは決して殺しなんてやっちゃいません」

「だがな、もしわたしが昨夜のことを町方に話せば、おぬしには疑いの目が向けられる。身の潔白を証《あか》すことができないと、おぬしが殺しの下手人になるかもしれぬのだ」

与助は小さな目をめいっぱい見開き、金魚のように口をぱくぱく動かした。

「牢に入れられ、裁きの末に市中引き廻しのうえ獄門……あるいは小伝馬町《こでんまちょう》の牢でバッサリ首を刎《は》ねられるやもしれぬ」

「ちょ、ちょ、ちょっと。そんなことは勘弁です。やめてください」

「与助、おぬしは殺しなんかしていない。そうだな」

「は、はい。していません」

「わたしもしていない」

そこで短い沈黙があった。

清兵衛は与助を見つめる。与助は盛んにまばたきをした。

「わたしもおぬしも潔白だ」

「は、はい」

「だが、疑いがかけられると厄介だ。そうだな」

与助は生つばを呑み込んでうなずく。

「ならばいかがする？」

「どうすればいいんです？」

与助は少し落ち着いたらしく、這《は》うようにして少しだけ近づいてきた。

「疑われる前に、真の下手人を捜すんだ」

「捜すってどうやって……」

与助は目をぱちくりさせる。

「わたしに考えがある。その前にひとつ約束をしてくれるか」

「なんでしょう……」

「昨夜のことと、わたしたちの間柄はしばらく伏せてもらう」

「伏せる？」

「かまえて他言無用ということだ」

「ま、それはいいですが……」

与助は不安そうだ。

「よいか、真の下手人を見つけるまでは誰にもしゃべってはならぬ。あるいは町方が先にその下手人を見つけるかもしれぬが……」

「そのときはどうするんです？」

「これまでどおりに暮らすだけだ。下手人が見つかれば、わたしらには疑いの目は向けられぬからな」

「それでどうするんです？」

「わたしにまかせておけ」

清兵衛はそういってからもう一度、与助をまじまじと眺めた。与助はあまり賢くないし、正直者だ。それに体のわりには小心者だというのもわかった。一人で出歩かせると、余計なことをうっかり口にするかもしれない。

「与助、今日は仕事はどうするのだ？　休むのならわたしの供をしてくれぬか」

「へえ、ようござんす」

四

清兵衛は与助を連れて長屋を出た。

まず行くのは殺された者が見つけられた場所である。すでに人だかりはなかったが、近所の者たちはおぞましい事件が起きたばかりなので、その噂をし合っていた。

松幡橋の近くに乾物屋があり、その店の前でも二人のおかみと店の者がそんな話をしていた。

「そこで殺しがあったらしいな」

清兵衛が立ち話をしていた三人に声をかけると、ぎょっとした顔を振り向けてきた。

「さぞや驚いたであろうな」

清兵衛は柔和な笑みを口の端に浮かべて三人を眺めた。

「驚いたのなんの。土左衛門が浮かんでいるって騒ぎだったんで、見に行きますと、すぐそこです」

答えたのは乾物屋の亭主で、死体の浮かんでいたあたりを指さした。

「どんな死体だったんだね。いや、噂を聞いてどうにも気になっているんだ」

「若いお侍でしたよ。町方の旦那があれこれ調べていましたが、身許はわからないそうです」

小太りのおかみがいう。

「それで下手人は見つかったのかね？」

「いやあ、見つかってないでしょう。町方がさんざん聞き調べをしていますから」

「殺しは昨夜だったのかね？」

「そうでしょう。そういう話でしたよ」

乾物屋の亭主はちらりと与助を見て、清兵衛に顔を戻した。

「まさかお侍の知り合いってことはないでしょうね」

「そうだったら大変なことだ」

「まったくこんなところで人殺しがあるなんて、縁起が悪いったらありゃしません」

「ほんとだよ。まさか、この辺に人殺しが隠れちゃいないだろうね」

痩せたおかみはぶるっと肩をふるわせた。

「気をつけなければならぬな」

清兵衛はそういって三人から離れた。

「旦那、どこへ行くんです？」

歩きながら与助が聞いてくる。

「わたしが倒れていた場所を教えてくれるか？」

「それなら橋の向こうです」

清兵衛はもう一度松幡橋をわたった。

与助は橋の東詰から三間ほど離れたあたりに立ち、この辺だったという。そこは薪炭屋《しんたんや》の店先だった。昨夜は閉まっていたはずだ。

「ここか……」

清兵衛はあたりを見まわした。

薪炭屋の脇にある細い路地が、東側にある町屋の通りにつながっている。

「殺しはわたしが襲われる前に起きたのだろうか？　それともそのあとだったのか……」

「はあ」

清兵衛の独り言に与助が頓狂な声を漏らす。

「いろいろと疑念が生じるのだ。しかし、殺された者のことがわからぬと、調べは進まぬな。さて、どうするか……」

清兵衛はするっと顎《あご》を撫《な》でて遠くの空を一瞥《いちべつ》した。

「旦那、誰が死体を見つけたんですかね？」

与助の声で、清兵衛は顔を彼に振り向けた。

「よいことをいう。そうだな、誰が見つけたんだろうな。よし、もう一度あの乾物屋に聞いてみよう」

清兵衛はもう一度橋をわたり直して、乾物屋の主《あるじ》に声をかけた。すでに二人のおかみはいなかった。

「見つけたのは鉄砲洲の蜆《しじみ》売りです。次郎《じろう》という若い男です」

鉄砲洲に住んでいる男なら捜すのは造作ないだろう。

乾物屋を離れると、そのまま鉄砲洲に向かった。鉄砲洲は本湊町から明石町《あかしちょう》あたりまでのことだが、蜆売りの商売をしている男ならすぐにわかるはずだ。

「日和《ひより》がよくて気持ちがようござんすね」

与助が鉄砲洲の河岸道を歩きながら呑気《のんき》なことをいう。先刻は清兵衛を疑い、そして清兵衛から疑いをかけられると怯えていたくせに、もうそのことは忘れたようだ。

本湊町にある魚屋に立ち寄ると、

「これは桜木の旦那さん、今日も散歩でございますか」

と、顔馴染みの主が声をかけてきた。

「陽気がよくなったからね。ところでこの辺に蜆売りの商売をしている男を知らないかね」

「それなら次郎でしょう。もうこの時分だと蜆は持ってないんじゃないですかね」

主は清兵衛が蜆を買い求めたいと考えたらしい。

「会って教えてもらいたいことがあるのだ」

次郎の住まいを聞くと、船松町《ふなまつちよう》一丁目の巻助店《まきすけだな》だと教えてくれた。

長屋を訪ねると、次郎は戸を開け放したまま、居間で寝ていた。声をかけると、驚いたように半身を起こし、目をこする。

「なんでしょう？」

「次郎だね。わたしは本湊町に住む桜木という者だが、ちょいと聞きたいことがあるんだ。邪魔をするよ」

清兵衛は敷居をまたいで三和土に立った。

「ひょっとして今朝の殺しのことですか？」

次郎からそう口にしたので話は早い。

「おまえさんが見つけたらしいね」

「そりゃあ驚いたのなんの。桶《おけ》をひっくり返しそうになって慌てたほどです」

次郎は二十歳《はたち》前だろうか、そんな顔をしていた。股引《ももひき》に腹掛け半纏《はんてん》のままだ。

「それで番屋に知らせた」

「へえ、さいです。そのまま商売に行こうとしても、番屋の親方が待ってろっていうんで待ってますと、町方の旦那がやって来てあれこれ聞かれ、今日は商売あがったりです。で、なんでしょう？」

「その死んでいた男のことだ。侍だったらしいが、じつは行方のわからなくなった知り合いがいるのだ。もしやと思ってね」

清兵衛は不審がられないように適当な口実をつけてつづけた。

「侍の名前も身許もわかっていないらしいが、どんな顔をしていた？」

「まあ、細面《ほそおもて》で女にもてそうな顔でした。歳は二十歳かそこらでしょう。腹のあたりに傷があったんで、町方の旦那は刺されたんだといっていました」

「そうか、そんな若い男なら人ちがいであろう。それにしても物騒な話である」

「町方の旦那は下手人を捕まえるために、手掛かりを探していますよ」

「そうであろう。殺された侍は浪人だろうか？」

「身なりはわりとようございましたよ。どこぞの旗本か御家人かわかりませんが……。とにかくあっしは死体を見つけただけですから、詳しいことは北町の滝口《たきぐち》という同心の旦那が知っているはずです」

滝口……。北町の定町廻り同心だ。あの男が受け持っているのかと清兵衛は、滝口の顔を思い出した。

「わかった。邪魔をした」

清兵衛はそのまま次郎の長屋を出た。

五

「旦那、どうするんです？」

与助が大きな体を振り向けてくる。清兵衛は並より背が高いほうだが、与助は六尺近い男なので、少し見上げなければならない。

「いろいろと考えなければならぬ」

「考える……」

与助はきょとんと首をかしげる。

「ま、よい。ついてまいれ」

清兵衛は与助を連れて歩きながら、思案をめぐらす。

殺された若い侍のことが何もわかっていない。そのことはあとで調べるとしても、その侍がいつ殺されたかである。

清兵衛が殴られる前だったのかあとだったのか？　下手人は侍の腹を刺して殺

害している。それなのに、清兵衛は何かで殴られただけだ。

（なぜだ？）

そのことがよくわからない。自分を襲った者は得物を持っていなかったのか？

これもわからないことだ。

「旦那、腹が減りませんか……」

与助が腹をさすりながら声をかけてくる。大きな眉を垂《た》れ下げ、情けない顔をする。

「まだ、昼には早いだろう」

「早いといけないですか？」

「いけなくはないが……」

清兵衛は与助を見る。腹減った、と与助はつぶやく。

「もう少し辛抱しろ。行くところがある」

清兵衛はそのまま足を進める。

「辛抱暇なしです」

「……それをいうなら貧乏暇なしだ」

与助は「へっ」と声を漏らし、どこへ行くんです、と聞く。

「殺された男のことを調べるのだ。まさかおぬしが殺したのではなかろうな」

清兵衛がそういって与助を見ると、

「ま、まだあっしを疑ってるんですか？　あっしはそんなおっかないことなんかできねえですよ」

と、与助は小さな目をみはる。

「もし、おぬしの仕業《しわざ》だったらその首が飛ぶことになるのだ。わたしとおぬしの関わりを町方に話したら、間ちがいなくおぬしは疑われる」

（ま、おれにも嫌疑の目が向けられるであろうが……）

という言葉は、胸のうちでつぶやいた。軽い脅しをかけただけだが、小心な与助は落ち着きをなくす。

「あっしが疑われたら、こ、この首がなくなっちまう。そんなのいやだ、勘弁ですよう」

「だったら黙ってついてこい」

「は、はい」

与助は大きな体を小さくしてついてくる。

行ったのは本材木町七丁目の自身番のそばだった。この番屋の親方（書役《かきやく》）は清兵衛の顔を知っている。

「与助、おぬしは腹が減っているのだったな。そこの蕎麦屋で飯を食っていなさい。わたしは用をすませてから行く」

「へ、へい」

清兵衛は与助が蕎麦屋の暖簾をくぐるのを見てから、自身番に入った。

文机《ふづくえ》の前に座っていた甲兵衛《こうべえ》という書役が、軽く尻を浮かして挨拶をしてきた。

「これは桜木様……」

「しばらくである」

「お達者そうで何よりです。どうぞおかけになってください」

甲兵衛はにこやかな顔でいう。髷《まげ》の結《ゆ》えない禿《は》げ頭だ。

「耳にしたのだが、その橋のそばで死体があがったそうだな」

「へえ、もう朝から大騒ぎでございましたよ」

「それで調べは終わったのか？」

「北町の滝口の旦那があらかたお調べになりました。まだ下手人の手掛かりはないようですが……。これ、茶を淹《い》れておくれな」

甲兵衛は店番《たなばん》にいいつけた。

「殺された侍の身許はわかっているのか？」

これは大事なことだった。

「先ほど滝口様が見えられ、松平越中《まつだいらえっちゅう》様のご家臣で福地《ふくち》蔵之助《くらのすけ》とおっしゃる方だったとおっしゃっていました」

「松平越中家の……」

殺されたのは、八丁堀に上屋敷を構える桑名《くわな》藩松平家の家来だったのだ。

「殺されたとはいえ相手が大名家のご家臣ですから、面倒な調べになったとおっしゃっていました」

甲兵衛が言葉を足した。

滝口が面倒だというのはよくわかる。当事者が大名家の家来では、簡単に調べを進めることはできない。もし桑名藩松平家に調べは当方でやるといわれれば、手を引くしかない。

町奉行所は原則として大名家や旗本・御家人の犯罪を管掌《かんしょう》していないからだ。

「滝口も大変な調べを請《う》け負ったものだ。それで、下手人について何かわかったことはあるのか？」

「手掛かりはまだないようです」

「さようか。それにしても物騒なことだ」

「まったくでございます」

清兵衛は短い世間話をして自身番を出た。与助を待たせている蕎麦屋に入るなり、清兵衛は目をまるくした。

与助は幅広の床几《しょうぎ》に座ってそばをすすっていたのだが、目の前には丼《どんぶり》が高く積まれていた。そして、与助は丼に入ったぶっかけそばをうまそうに食っている。

「あ、旦那、もう用は終わったんで……」

与助は上目遣いで清兵衛を見て、ずるずるとそばをすする。

「いったい何杯食っておるんだ」

「もう一杯頼んであります」

与助が答える矢先に、店の女が新たなぶっかけそばを運んできた。清兵衛は重ねられた丼を目で勘定する。六個もある。そして、食べているのと運ばれてきたのを入れると、

「おぬし、八杯も……」

あきれるしかないが、清兵衛も小腹が空いていたので、同じぶっかけを注文し、それを食べると店を出た。

「いやあ、腹がいっぺえになると眠くなります」

与助は気楽なものだ。だから、いってやった。

「その首が飛ぶ前に腹一杯食っておくのはよいことだ」

「へっ、旦那。またそんなおっかないことを……」

与助はげんなりした顔をする。

「おぬしに聞きたいことがある」

六

「わたしを助けたときのことだ」

楓川に架かる越中橋の近くにある茶屋の床几に座ってから、殺された松平家の家来のことを話したあとで、清兵衛は付け足した。対岸には、殺された福地蔵之助が勤仕していた伊勢桑名藩上屋敷がある。

「へえ」

「おぬしはわたしを見つける前にどこにいたのだ？」

「あっしはその、腹が減っていたんで、うどん屋に行ったんです。この橋の向こうです」

与助は越中橋の向こうを指さす。夜になると橋の袂に屋台のうどん屋が店を開く。

「屋台でうどんを食ったのか……」

「へえ。それで長屋に戻ってくる途中に旦那が倒れていたんです」

「そのとき何か見なかったか？　争っている男がいたとか、走り去る者がいたとか……」

清兵衛は与助を眺める。

与助は首を右に左に倒して考えていたが、何も見なかったといった。

「わたしは提灯を持っていた。倒れているそばに提灯はなかったか？」

「はあ」

与助は呆けた顔をする。そして、見なかったといった。

「たしかだな」

「いやあ、そう聞かれるとあったかもしれませんが、見なかったです。旦那のほうに気を取られちまってたんで……」

すると、提灯はおれを殴り倒した何者かが持ち去ったということか、と清兵衛は考える。

そして、自分を殴った何者かは越中橋のほうからやって来たのでも、越中橋のほうへ逃げたのでもない。もし、越中橋のほうへ向かったら与助に会っているはずだからだ。

（すると……）

清兵衛は南にある松幡橋のほうへ目を向ける。自分を殴った者は本八丁堀のほうへ逃げた。あるいは、楓川の南端に架かる弾正橋をわたって逃げたことになる。

「歩こう」

清兵衛はおのれの推量を中断して、床几から立ちあがった。

「どこへ行くんで……」

与助が遅れてついてくる。

「わたしを殴ったやつの足取りを追うのだ」

いちいち説明するのは面倒だが、与助はおとなしく従ってくるので話してやる。

「わたしを殴りつけた何者かは、おぬしがうどんを食っていた越中橋のほうへは逃げていない。逃げたと考えるなら……」

清兵衛はついいましがた自分が推量したことを話した。

「弾正橋をわたっていなければ、本八丁堀のほうへ逃げたのだろう」

そういった清兵衛は本八丁堀へ足を運び、通りを眺める。商家が軒《のき》を列《つら》ねていて、行商人や近所の者たちが歩いている。大人も子供もいるし、侍の姿もあった。

「旦那、下手人なんかわかりゃしませんよ。旦那も侍を殺しちゃいないし、あっしも殺しちゃいない。そうでしょ」

清兵衛はゆっくり与助を振り返る。

「そうであろうが、疑いをかけられたらいかがする？　身の潔白を証す者もいなければ、その証拠もないのだ」

清兵衛はそういいつつも、こんなことをして何になるという思いもある。たしかに与助のいうとおりなのだ。

しかし、元町奉行所の与力だった清兵衛は気になっている。それに不覚にも殴られて気を失ってしまった。そのことが腹立たしい。生まれてこの方、人に殴られたことは、父親以外の誰にもないのだ。まして、町奉行所時代にもなかったことである。

それが五十を過ぎて早めの隠居をしたばかりに不覚を取ってしまった。むろん現役時代にはなかった気の緩みや、酒を飲んでいたせいもあろうが、返す返すも悔しい。

「とにかく聞き調べをする」

清兵衛はそういってから、通り沿いにある何軒かの店を訪ねた。殺された福地蔵之助が酒を飲む男なら酒屋を訪ねているだろう。また足袋《たび》や雪駄《せった》といったものも買い求めたはずだ。ときに飯屋に寄ったりもしただろうから、そんな店に声をかけていった。

しかし、福地蔵之助を知っている者はいなかった。

与助は退屈そうな顔でついてくる。ときどき欠伸《あくび》までする始末だ。

本八丁堀一丁目から五丁目までひととおりあたると、きびすを返して弾正橋をわたった。

柳町の通りに入るか、京橋川沿いの炭町のほうへ行くか迷ったが、

（まずはこっちからあたろう）

清兵衛は炭町のほうへ足を進めた。京橋川に沿った町で竹河岸がある。それは三年橋の手前だった。

「おや、与助さんではないか」

と、声をかけてきた者がいた。

清兵衛が立ち止まって振り返ると、中年の男が与助を見て相好《そうごう》を崩していた。

「こりゃあ親父さん、こんちです」

「なんだい、今日は商売は休みかい？」

「ちょいと野暮用があるんで休んじまった」

「そうかい、たまには顔を出しておくれ」

そういった中年の男は清兵衛に気づき、ちょこんと頭を下げてから与助に向かって言葉をついだ。

「そうだ、あんた知っているかい？　今朝、松幡橋のそばで人が殺されていたそうじゃないか。それがお菊《きく》に気のある福地というお侍だったからびっくりしたよ。あんたも気をつけなよ。殺されちゃかなわないからね」

中年の男はそういって歩き去った。

「知り合いか？」

「へえ、柳町にある『七福《しちふく》』って居酒屋の親父さんです」

「お菊というのは？」

「あの親父さんの娘です。一年前におかみさんが死んだんで店の手伝いをしてんです」

清兵衛は与助の顔をしばらく眺めた。

「旦那、どうしたんです？　あっしの顔に何かついてますか？」

与助は照れ笑いをしながら両手で顔をゴシゴシこすった。

「七福にはおぬしも行くのか？」

「たまに顔を出すぐらいです」

「さっきのは七福の主なのだな」

「へえ」

「その七福に殺された福地蔵之助も通っていたみたいではないか」

「そうみたいですね。あっしは知りませんでしたよ」

清兵衛はあたりを眺めてから与助に顔を戻し、

「飲み屋にはいろんな人の出入りがあるからな」

といって、炭町の北側にある柳町にまわった。暖簾は出されていなかったが、「七福」という店はわかった。腰高障子に店名が書かれ、軒行灯《のきあんどん》にも「七福」の文字が読めた。

「歩き疲れたな。与助、今日は切りあげて酒でも飲むか。おぬしは嫌いな口ではなかろう」

いったとたん、与助は相好を崩し、

「へへ、まだ日は高いですが、酒となりゃ目がねえですから」

と、大いに乗り気の顔になった。

七

清兵衛は奮発して酒屋で一升徳利《どっくり》を仕入れ、惣菜屋で芋や南瓜《かぼちゃ》の煮染《にし》めを買って、与助の長屋に入った。

「こんな贅沢をできるなんてあっしは幸せもんです」

酒と肴《さかな》を目の前にして与助は眉尻を下げて喜ぶ。

「遠慮せず飲め」

「昼間っから飲めるなんて……へへ、それじゃいただきやす」

与助の家にはぐい呑みなんて洒落《しゃれ》たものはないから、湯呑みでの酒である。

清兵衛も湯呑みに酒を注いで口をつける。日が暮れるにはまだ間がある。長屋の路地を子供たちが駆け去り、井戸端でおしゃべりに興じているおかみたちの話し声が聞こえる。

そして蜩《ひぐらし》の声。

「大家が来たが家賃はいかほど溜めているんだ？」

清兵衛が問うと、与助は手の甲で口をぬぐって、

「半年ばかりです。やいのやいのと催促されんですが、ないものは出せませんから……へへ。でも、旦那からいただいた心付けがあるんで、それで払えます」

「古骨買いの商売は儲からぬか……」

「なかなか思うようにはいきません。あっしは馬鹿で能がないからそんな仕事しかできないんですよ」

清兵衛は与助の生まれや親兄弟のことを聞いていった。与助は聞かれるままに答える。

それらの話をまとめると、与助は亀有村《かめありむら》の百姓の倅《せがれ》で、三男坊だから家を継ぐことができず、市中に出てきて大工や左官の見習い仕事をしていたが、長つづきせずにやめていた。それから車力仕事にありついたが、小馬鹿にする仲間のことが嫌になってやめ、その日暮らしの日傭《ひようと》取りを長くして、古骨買いになったらしい。

どれもこれも二、三年しかつづかなかったと、気弱な顔をする。

「あっしはこうやって酒を飲んでいるときが一番気が楽になりやす。酒はいいですね」

へへへと、へらついた顔をして酒を飲む与助の呂律《ろれつ》は早くもあやしくなっていた。

「柳町の『七福』という店にはよく行くのか？」

「金が入ったときに顔を出すぐらいです」

「殺された福地という侍は、店の娘に気があったようなことを主がいっていたな」

「ほえー、そうでしたか」

与助は間抜け面《づら》をして酒に口をつける。

「娘はお菊というらしいが、おぬしは知っているか？」

「そりゃあ知ってますよ。きれいな女です。色が白くて……いい女だ。あっしもあんな女が欲しいけど、柄《がら》じゃないですからねえ。それにあっしは甲斐性《かいしょう》なしだから」

話をしながら清兵衛は与助の家の様子をよくよく観察していた。

「自分で煮炊きはしないのか？」

「金がないときはやります。ですが、てめえで作る飯はうまくねえです」

「すると、竈《かまど》も滅多に使わないということだな」

「ずっと暑かったから、ここんとこ火は使ってないです」

与助はそういって、ヒックとしゃっくりをして愛想笑いをする。南瓜の煮染めをつまんで、うまいうまいと屈託がない。

「お菊という娘に好きな男がいるとか、いい寄っている男がいるとか、そんなことは知らぬか？」

「いますよ」

与助はあっさり答えた。

「しつこいいやな男がいます。お菊さんは嫌っているようですがね。ああ、いやな野郎だ」

与助は首を振って、ぐいっと酒をあおる。

「どこのなんという男だね」

酔いはじめている与助をまっすぐ見る清兵衛は、疑念を抱きはじめていた。

与助はたまに煮炊きをするといったが台所に包丁はない。それにしばらく竈を使っていないといったが、竈には真新しい灰が残っている。それは清兵衛が提《さ》げていた提灯の燃えかすのようにも見える。

「思い出しました。時助《ときすけ》という下っ引きです」

しばらく首をかしげていた与助が、唐突に口を開いた。

「下っ引き……」

清兵衛は眉根を寄せて、

「時助を使っているのは誰だ？」

と聞いた。

「本材木町の孝造《こうぞう》っていう親分です。時助は孝造親分がついてるから威張り腐ってんです。七福に行くたんびに顔を見ますが、あっしは火の粉が飛んでこないようにおとなしく飲んでんです」

「時助はお菊にいい寄っている……そうなのか？」

「あっしにはそう見えます。お菊さんは迷惑そうな顔するし……。でも旦那、もう下手人のことはいいんじゃないですか。あっしも旦那も人なんか殺しちゃいねえんですから。そうでしょ」

「うむ、そうではあるが……」

いつの間にか明るかった腰高障子が暗くなっていた。日が落ちかけているのだ。

清兵衛は嘗《な》めるように酒に口をつけ、ここで与助を問い詰めてしまおうかと躊躇《ためら》った。

与助に大きな疑いを持ったのは、炭町へ足を運んだ際に、「七福」の主が与助に声をかけたときのことだ。

与助はまともな受け答えをしていた。あのとき、清兵衛はこの男はわざと間抜け面をして愚鈍《ぐどん》を装っているのかもしれないと思った。

だから、酒を飲ませれば口が軽くなり、本性をあらわすと思ったのだが、どうにもわからなくなった。

しかし、与助には疑いがある。台所の包丁と、竈の燃えかすだ。しかし、それだけで与助が福地蔵之助を殺したと決めつけるわけにはいかない。もし、与助が清兵衛を殴った男なら、わざわざ自分の長屋に担ぎ込んで介抱するのはおかしい。

（やはり、この男ではないのか……）

清兵衛は酒をうまそうに飲む与助を眺め、

「与助、わたしはそろそろ帰らなければならぬ。明日また来ると思うが、付き合ってくれるか」

「へえ、ようござんすよ。酒を飲ませてもらってんです。蕎麦もご馳走になったんでお供しますよ。へへ……」

八

与助の長屋を出た清兵衛は暗くなった空を見あげた。もう蜩の声は聞こえなかった。西の空に月が浮かび、夜の帳《とばり》が静かに下りている。

清兵衛には調べなければならないことがある。まずは「七福」へ行っての聞き込みである。そこで下っ引きの時助に会えるなら話をしたい。

柳町の通りに入ると、数軒の店の軒行灯が夕闇のなかに浮かんでいた。その一軒が「七福」で暖簾が掛かっていた。

「いらっしゃいませ」

若い娘が声をかけてきた。目鼻立ちのすっきりした器量よしだ。これがお菊だろう。

「いらっしゃいまし」

同時に声をかけたのは、板場に立っている主だった。昼間会ったばかりだから、清兵衛を見て「あれ」と首をかしげた。

清兵衛は床几に腰をおろすと、酒を注文した。

「お侍の旦那、昼間与助さんといっしょではありませんでしたか?」

やはり主は覚えていたようだ。

「うむ、いっしょにいた」

「与助さんがお侍といっしょなんで、どうしたことだろうかと思っていたんです。あの人は変わり者ですからね」

そこへお菊が銚釐《ちろり》を運んできた。

盃は笊《ざる》に盛られているので、一つを取って独酌する。他に客はいないので、清兵衛は遠慮なく探りを入れることができる。

「変わり者といえばそうだろうが、与助はよく来るのかね?」

清兵衛は酒に口をつけて主を見た。

「月に二、三回でしょうか。実入りがあったときだけのようです。自分でそういいますから……何か作りましょうか?」

「刺身を適当に見繕ってくれ」

清兵衛は壁にある品書きを見ていった。

「そなたがお菊殿だな。与助から聞いたのだ。この店には美人の娘がいるとな……」

「まあ、美人だなんて……」

板場のそばに立つお菊は、嬉しそうな笑みを浮かべて照れた。

「今朝、松幡橋のそばで見つかった侍もこの店に来ていたそうだね」

「福地様ですね。話を聞いて驚いたのです。まさかと思って、すぐには信じられませんでした。昨日の晩もここに見えていたんです」

「そうであったか。すると、この店の帰りに何者かに殺されたということか」

「怖ろしいことです」

お菊はおぞましいという顔で肩をすぼめた。

「福地殿は松平家の勤番だったようだな」

「在府のご家来です。二年ほど江戸にいらっしゃって……この店を贔屓《ひいき》にしてくださってるんです」

「ひょっとするとお菊殿目あてに来ていたのでは……」

清兵衛がさりげなくいうと、お菊はぽっと頬を赤くして、

「わたしには身分ちがいの方でしたから」

と、悲しそうな顔をしてうつむく。

「いやいや、福地様はお菊に満更でもなかった。親の目から見てもわかっていたよ」

「いやだ、おとっつぁん。からかわないで……」

主はお菊に盛り合わせた刺身の皿をわたした。お菊がその皿を運んでくる。鯛《たい》と鱸《すずき》と真蛸《まだこ》の刺盛だった。

「与助から聞いたんだが、孝造という岡っ引きの手先になっている時助という男もこの店を贔屓にしているらしいね」

そういったとたん、お菊は顔を曇らせた。

「昨夜もこの店に来ていただろうか」

清兵衛はかまわずに聞く。

「昨夜は早く見えてましたが、明日の商売があるからってすぐに帰りました」

「福地様と入れ替わりだったね」

主が煙管《きせる》を吹かしていう。

「時助は何の商売をやっているんだね？」

「魚屋の棒手振《ぼてふり》です。親分に呼ばれると休むみたいですが……」

下っ引きは自分の仕事を持っている者が多いので不思議ではない。

「その時助もよく来るのかね」

「よく来てくれます。人をからかって酒の肴にするんで、その辺でやめてくれというんですがね。お菊をからかいながら口説いたりもします」

「おとっつぁん、やめてちょうだい。娘をからかうなんてひどい親」

お菊はぷいと膨《ふく》れ面《つら》をする。

「いやいや、わたしにはわかるんだ。あの男はおまえに気があるんだよ」

「そんなこといわないで。お侍様は初めて見えたのよ」

「お菊殿だったら何の不思議もない。他にもお菊殿目あてに来る客も多かろう」

清兵衛は笑みを浮かべながらいう。

「まあ、お侍様まで。そんなことありません」

お菊は若い娘らしくむきになる。それがおかしく、清兵衛は小さく笑って刺身をつまんだ。うまい刺身である。

「時助だが、今夜も来るだろうか?」

「さあ、どうでしょう……。何か時助さんにご用でも?」

お菊はくりっと澄《す》んだ目を向けてくる。

「用というほどのことではないが、いや、与助からいろいろ話を聞いてね。それで気になっていることがあるのだよ。時助の住まいを知っているかね？」

清兵衛はいいわけがましいことをいって聞いた。

「本八丁堀二丁目だと聞いています。二丁目のどこかは知りませんが……」

それなら、調べればすぐにわかる、と清兵衛は胸のうちでつぶやく。

そこへ二人組の客が入ってきた。職人仲間のようで、隣の床几に座るなり、酒を注文し他愛もない世間話をはじめた。

清兵衛は刺身を平らげると、勘定をして店を出た。

九

すでに夜の闇は濃くなっていた。

清兵衛は息を吸って吐き、ぽんと帯をたたいて歩きはじめる。

行き先は決まっているが、自分の推量が正しいかどうかはわからない。与助に対する疑念は心の隅にくすぶったままだ。

（とにかく歩いて調べるしかない）

風烈《ふうれつ》廻りで数々の犯罪を取り締まった清兵衛は、昔の勘を取り戻しつつあった。

楓川沿いの河岸道に出てゆっくり歩く。

道端の草叢で虫がすだいていれば、三味線の音がどこからともなく聞こえてきて、それに女の艶《なま》めかしい笑い声が交じった。

越中橋の袂で立ち止まった清兵衛は、対岸を見やる。でんと居座っている伊勢桑名藩松平家の上屋敷が、夜の闇に黒く象《かたど》られている。

橋の向こうに小さな灯り。屋台のうどん屋のものだ。松平家の勤番侍や近隣住人を当て込んで商売をやっているが、ときに八丁堀に住まう町奉行所の与力や同心らも立ち寄ることがある。

清兵衛は橋をわたってうどん屋の前に立った。

「いらっしゃいまし」

豆絞りの手拭いで捩《ねじ》り鉢巻きをした主が声をかけてくる。

「つかぬことを訊ねるが、昨夜のことだ」

「はあ……」

主は清兵衛を窺い見て、少し顔を強《こわ》ばらせた。おそらく町奉行所の役人だろうと見当をつけたせいだ。いまの清兵衛はそんな雰囲気を醸《かも》している。

「名前を知っているかどうかわからぬが、与助という体の大きな男がここに立ち寄ったと思うが、覚えておらぬか。おそらく五つ（午後八時）過ぎのことだ」

「昨日の晩の五つ過ぎですか……」

主は短く視線を泳がせてから答えた。

「名前は知りませんが、体の大きな職人ふうの人は来ました。うどんを二杯、ぺろっと食べて帰られました」

与助は嘘はついていないようだ。

「それでどっちへ立ち去った？」

主は、あっちです、と河岸道の南のほうを指さした。

「何かございましたか？」

主が問いかけてきたが、清兵衛は何も答えずに歩き出していた。与助はうどんを食べて、満足げな顔でこの河岸道を自分の長屋へ向かって歩いた。

（そして、薪炭屋の前に倒れているわたしを見つけ、介抱して自分の長屋に連れ帰った）

与助の言葉を信じればそうなる。

しかし、たまに煮炊きをすると話す与助の台所には包丁がなかった。ここしばらく煮炊きはやっていないといったくせに、竈に燃えかすがあった。

それが腑《ふ》に落ちないことだ。

されど、与助と殺された福地蔵之助の関わりはなさそうだ。それに「七福」のお菊とはとても釣り合いの取れる男ではない。

（やはり与助ではないか……）

人を刺せば少なくとも返り血を浴びるが、与助の着衣にその痕跡はない。

下っ引きの時助――。

清兵衛の頭に、会ったことのない時助という男の影がふくらむ。

「七福」の主は時助についてこう語った。

――お菊をからかいながら口説いたりもします。

――あの男はおまえに気があるんだよ。

そして、殺された福地蔵之助について、

――福地様はお菊に満更でもなかった。親の目から見てもわかっていたよ。

と、主がいったとき、お菊は悲しそうな顔をした。

お菊は身分ちがいだといいながらも、福地蔵之助に気があった。福地もお菊を気に入っていたと考えて不思議はない。

すると、時助にとって福地蔵之助は恋仇《こいがたき》……。

清兵衛はだんだん確信を持ってきた。

「与助、与助」

与助の長屋を訪ねると、与助は大の字になって鼾《いびき》をかいていた。揺り起こすと、

「なんだ、旦那ですか。どうしたんです」

と、与助は寝ぼけ眼《まなこ》を手でこすって半身を起こした。

「下手人が見つかるかもしれぬ。いや、おそらくそうだ」

「ほ、ほんとうですか。それじゃあっしはもう疑われないんですね」

「おそらく」

「旦那、あっしは首を刎ねられるなんて真っ平ごめんです。下手人は誰だったんです？」

「まだ、わからぬ」

「はあ」

与助は酔いと眠気の覚めた小さな目をみはる。

「これから下っ引きの時助の家に行く。ついてきてくれるか」

「へ、へえ」

清兵衛は与助を連れて再び夜道に出た。長屋を出て河岸道を振り返る。自分が

殴られたあたりを見、そして視線を八丁堀のほうに向ける。

殴った男は弾正橋をわたらず、本八丁堀のほうへ曲がったと考えると、時助の住む長屋の方角だ。

「旦那、なんでこんなに熱心に調べるんです？」

与助が横に並んで聞く。

「武士の矜持《きょうじ》だ。いや、男の矜持であろうか。夜道で殴られて気を失ったのだ。そんな無様なことがおのれに許せぬのだ。おぬしとて同じ目に遭《あ》ったら許せぬだろう」

「へえ、まあ、そうかもしれません」

与助は曖昧《あいまい》な返事をする。

自身番に寄り、孝造という岡っ引きの手先をしている時助の住まいを聞くと、すぐにわかった。

十

本八丁堀二丁目にある亀吉店《かめきちだな》が、時助の住まいだった。長屋の木戸口に掛かっている名札にも「時助」の文字が読めた。そして家の前に立つ。腰高障子には「魚や　時助」と書かれている。

家のなかは暗い。戸をたたき声をかけると、眠そうな返事があった。

「なんだい、誰だい……」

「本湊町の桜木という。ちょいと訊ねたいことがある」

「なんだよ。いってぇ……」

ごそごそと音がして、ガラッと戸が引き開けられた。時助は切れ長の一重《ひとえ》で清兵衛と、後ろにいる与助を見て、

「何の用です？」

と、ふて腐れたようにいった。

歳は二十二、三だろうか、中肉中背で鼻筋の通った細面だ。

「立ち話はできぬから邪魔をする」

清兵衛は強引に敷居をまたぎ、与助に表で待っているようにいいつけた。

「なんの話があるってんです？」

時助は如実に不満をあらわにする。

「おぬしは本材木町の岡っ引き孝造の手先をやっているらしいな」

「親分には世話になっていやすが、それがなんです」

時助は挑《いど》むような目を向けてくる。鼻っ柱の強い男のようだ。

「今朝、桑名藩松平家の福地蔵之助という勤番侍が死体であがった。知っているか？」

「親分に呼び出されて調べの手伝いをしましたよ」

時助は居間に戻り胡座《あぐら》をかいて座った。

「下手人はわかったか？」

「殺されたのが大名家の家来だとわかったんで、親分も町方の旦那も手を引きました。松平家で調べるようです」

「どこまでって調べた？」

「どこまで調べた？」

「だろうな」

清兵衛は口の端に笑みを浮かべて、

「わたしに見覚えはないか？」

と、時助の表情の変化を見逃さないように凝視する。

「いま初めて会ったばかりじゃないですか」

「そうだな」

清兵衛は家のなかに視線をめぐらす。竈のそばに商売道具の天秤棒と魚を入れる盤台《ばんだい》が置かれている。包丁も盤台の上に置かれた俎《まないた》にある。

「昨夜、おぬしは柳町の『七福』に行ったそうだな」

時助の細い片眉がぴくっと動いた。

「行きましたよ。ですが、長居はしませんでした」

時助は煙草盆を引き寄せた。

「殺された福地蔵之助殿と入れ替わるように店を出たのだな。店を出てからどうした？」

「いったいなんです？　まさか、おれが福地さんを殺したとでもいうんですか」

時助は煙管を持ったまま、にらむように見てくる。

「教えてくれ。店を出てどこへ行った？」

「まっすぐ帰ってきましたよ、ここに」

「おぬしは七福のお菊に気があるようだな。そんなことを聞いたんだ」

「それがどうしたというんです。いったいあんたはなんなんです？　町方じゃあるまいし、妙なことばかりいいやがって……」

時助は相手が侍でも遠慮のない口を利く。

「元町方だ」

清兵衛が低くいうと、そっぽを向いていた時助がはっとした顔を向けてきた。

「北町の風烈廻り与力だった。いまは隠居の身であるが……」

「北町の風烈廻り……」

「孝造だったらわたしのことを知っているはずだ。長居はしたくない。正直に答えてくれ。おぬしは七福を出てまっすぐここに帰ってきて、そのまま寝たのだな」

「……そうです」

「殺された福地殿はお菊に気があった。おぬしも気があった。だが、お菊はおぬしには惹《ひ》かれていなかった。身分ちがいではあるが福地殿に、お菊は気があった」

「何を勝手なことをいうんです」

清兵衛が元与力と知ったせいか、時助の口調が変わった。

「ちがうか……」

清兵衛は時助から視線を逸《そ》らさない。

時助は煙管を持ったまま表情をかたくした。

「福地殿はおぬしにとって恋仇だった。昨晩、おぬしはその福地殿が店に入ってくると、顔を合わせるのをいやがるように帰った」

「旦那、勝手なことをいわないでください。まるでおれが福地蔵之助殺しの下手人みたいじゃないですか。疑うのは勝手でしょうが、お門《かど》ちがいですよ」

「孝造の手先仕事をしないときは魚屋をやっているのだな」

「そうです」

「魚をさばくときには包丁は何を使う？」

「柳刃《やなぎば》と出刃《でば》ですよ」

清兵衛は盤台の上に置かれている包丁を見た。

「そこに柳刃はないな。それはどうした？」

時助の切れ長の目が、一瞬、はっと見開かれた。

「研《と》ぎに出してんです」

「自分では研がぬのか。どこの研ぎ師に出した？」

「旦那、どうしてそんなことを。おれを疑ってんですか」

「答えろ」

「……一昨日《おととい》だったか、どっかに落としちまったんです」

研ぎに出したといったくせに、もう落としたという。

清兵衛は部屋の奥に無造作に置かれている腹掛けと半纏を見た。

「そうかい。落としてなくしたか」

「そうです」

清兵衛は表で待っている与助に声をかけた。

「本材木町の孝造をここに連れてきてくれ。自身番で聞けばわかるはずだ」

「へえ」

与助の気配が消えると、清兵衛はもう一度、昨夜のことを時助に訊いた。答えはさっきと同じだったが、時助は顔色をなくしていた。

十一

「桜木の旦那でしたか……」

与助といっしょにやってきた孝造は、清兵衛を見るなり少し驚き顔をした。

「お名前は存じあげていましたが、お目にかかるのは初めてです」

孝造は四十前後の小太りの岡っ引きだった。三白眼だ。

「そうであるな。手札は滝口にもらっているのか」

「さようです。それで、いかがなさいました？」

「福地蔵之助殿が殺された一件だ。どうやら福地殿と時助とは恋仇だったらしい」

「なんですって……」

孝造は時助をにらむように見た。

「まあ、話を聞いてくれ」

清兵衛はそういってから、これまで時助とやり取りしたことをざっと話した。

「柳刃を研ぎに出したといって、すぐに落としたと……」

話を聞き終えた孝造は時助をにらむ。

「それはよいとして、そこにある腹掛けと半纏を調べてくれぬか。そばには棍棒《こんぼう》もあるが、十手《じって》はないようだが……」

清兵衛が孝造にいうと、時助があきらかに慌て顔をした。

「十手は捕り物があるときに預けますが、普段は棍棒を持たせておりやす。どれ、どれ、腹掛けと半纏ですか……」

そういって孝造が居間に上がったとたんだった。

「親分、申しわけありません。あっしは魔が差したというか……その……勘弁です。勘弁してもらえませんか」

時助は半べそをかいていうと、その場に突っ伏した。

案の定、腹掛けと半纏には血痕が残っていた。

「やい、時助。てめえ……」

孝造は目を光らせると、時助の首根っこを押さえつけた。

「わたしはこれで去《い》ぬ。あとのことはおぬしにまかせる」

「あ、それは……」

孝造は慌てたが、

「おぬしの手柄だ。あとのことはまかせる。もはや隠居侍の出る幕ではなかろう」

清兵衛は遮って、座っていた上がり框から立ちあがった。

二日後の昼下がり、清兵衛は松屋町の茶屋の床几に座っていた。与助の長屋のすぐ近くである。

のんびり茶を飲みながら通りを歩く者たちを見、ときどき河岸や対岸の道に目を注ぐ。そうやって与助を待っているのだった。

半刻（約一時間）ばかり待ったときに、古傘を小脇に抱え持った与助が松幡橋をわたってきた。清兵衛には気づかずに歩いてくる。

「これ、与助」

声をかけると、与助がはたと立ち止まって、小さな目を見開いた。

「旦那、何をしてんですか？　また下手人捜しですか？　それなら勘弁です。あっしは仕事しなきゃ飯が食えないし、酒も飲めないんです」

与助は素っ頓狂なことをいう。

「もうそれは終わったよ。これへまいれ。話があるのだ」

清兵衛は与助を同じ床几に座らせ、店の女に茶を注文してやった。

「精が出るな」

「へえ、もう懐が淋しいんで……」

与助はぺこりと頭を下げる。

「やはり、福地殿を殺したのは時助だった。福地殿が『七福』のお菊とよい仲になりそうなのを嫉妬してのことだ。時助は以前からお菊の心が自分に傾かないことにやきもきしていた。ところが、福地蔵之助という勤番侍が目の前にあらわれ、お菊の心を射止めたのだ。そうはいっても、お菊といい仲になったわけではない。しかれども、時助は福地殿をやっかんだ。店で会うたびに、お菊と福地殿が楽しそうに話すのが恨めしかったのだ。これ、与助、聞いておるか」

「へえ、団子を食っていいですか？」

「好きなものを何でも食え。わたしの奢《おご》りだ」

「へへ、それなら串団子を六本ばかり……」

与助は嬉しそうな顔で、茶を運んできた小女に注文した。

「それでな。ええい、もういいか」

与助が心ここにあらずのぼけっとした顔をしているので、清兵衛は話を端折《はしょ》ることにした。

「おぬしに助けられたのは運がよかった。あの晩、時助は七福から家に戻ると柳刃包丁を持って、そこの松幡橋の向こうで福地殿を待ち伏せしていた。そして店から戻ってくる福地殿に声をかけて、持っていた柳刃包丁で腹を刺して河岸場の下へ引きずって川に落とした。そこへわたしが通りがかり、見られたと思いちがいをし、橋をわたったところで懐に入れていた棍棒でわたしを殴りつけた。さらに殴って殺そうとしたのだが、そこへ越中橋でうどんを食ってきたおぬしがあらわれたので、慌てて逃げたのだ」

「へえ」

与助は運ばれてきた串団子を頬張っていた。

「殺しに使った包丁は、福地殿を刺したあとで川に落としていた。もし、落としていなかったらわたしも刺されていたかもしれぬ。ともあれ、おぬしがうどんを食いに行ったおかげで命拾いをしたのだ」

時助が犯行に使った柳刃包丁は、孝造が松幡橋の下を流れる楓川で見つけていた。

「ようござんしたねえ旦那」

与助はそういいながらまた串団子に手を伸ばす。まともに話を聞いたのかどうかわからないが、清兵衛は与助を微笑ましく見た。与助はもぐもぐと口を動かしている。

「じつはおぬしに助けてもらっていながら、わたしはおぬしを疑ったのだ。だが、それは大きな間ちがいであった。与助、そのこと、これこのとおり謝る。勘弁だ」

清兵衛が頭を下げると、与助は慌てて口をぬぐって、

「旦那、あっしは何もしていませんよ。謝らないでくだせえ」

と、反対に頭を下げる。

「ただ一つだけ教えてくれぬか」

清兵衛はそういって、竈の燃えかすと台所に包丁がなかったことを訊ねた。

与助は団子を食いながら少し考える目をして答えた。

「竈の燃えかすは、いらなくなった傘の油紙です。使えないのはいつも燃やすんです」

「そうであったか。だが、包丁は……」

「流しの上に置いてんですけどねえ」

すると、清兵衛が座っていたところからは見えない死角にあったということか。

「いやいや、とにかくおぬしはわたしの命の恩人だ。ほんとうだよ」

「旦那はいい人ですね」

「おぬしもいいやつだ。これはほんの気持ちだ。取っておけ」

清兵衛は二分（一両の二分の一）を包んだ心付けを与助の懐に差し入れると、店の小女に勘定を払って立ちあがった。

「へえ。旦那、また遊びに来てください」

与助は懐から取り出した心付けの包みを、おし戴《いただ》くようにして頭を下げた。

「与助、まただ」

「うむ」

うなずいて返事をした清兵衛はそのまま茶屋をあとにした。

昼下がりの町にはのんびりした空気が流れていた。それにしても与助はうまそうに団子を食べると感心するなり、清兵衛も団子を食べたくなった。

（よし、食べに行こう）

清兵衛の足は自然に、稲荷橋《いなりばし》際にある甘味処「やなぎ」へ向かっていた。

第二章　後ろ盾

一

「どうです。いい道具でしょう」

柏屋藤兵衛《かしわやとうべえ》は持ち込んだ壺を、道具屋の主新右衛門《しんえもん》に見せているところだった。新右衛門は書画骨董の目利きとして有名で、店も江戸で三本の指に入る老舗《しにせ》だった。

新右衛門は長い間壺に目を凝《こ》らしていたが、やがて短く嘆息して、手にしていた壺を桐箱の横に置いた。

「いかほどの値をつけていただけますか？」

藤兵衛は期待顔で、頭と同じようにつるんとした新右衛門の顔を見る。

「柏屋さん、これはたしかに見栄《みば》えのいい壺だ」

「そうでしょう」

藤兵衛は自信ありげに頰をゆるめる。

何しろ八十両で買い取った代物である。壺は掌《てのひら》にのる程度の大きさだが、描かれた藤の花と蔓《つる》は金、枝や葉は錦染で下地は朱色である。絵の模様もよいし染め付けもよい、壺自体の焼き方もその姿も妙味がある。

「柏屋さん、申しわけないがこれは偽物だよ」

「は……」

藤兵衛は呆けたようにぽかんとした顔で新右衛門を眺めた。

「たしかに金の光沢が見る角度によって変わり、小振りながら絢爛《けんらん》で豪華さがある。だけど、これはガラクタだよ」

「はあ！」

藤兵衛は信じられないといった顔で身を乗り出した。

「こ、これは八十両で買い取ったのですよ。それが偽物でガラクタだというんですか」

「騙されましたな」

「あいたた……」

藤兵衛は頭をかき毟《むし》ってから、

「それならいかほどの値をつけます？」

と、粘った。

「いいところ五百文でしょう」

「まことに……」

藤兵衛はがっくりとうなだれるしかなかった。

新右衛門の店を出た藤兵衛は、黄昏《たそが》れた空を眺めた。出るのは深いため息ばかりである。

提げている風呂敷包みを恨めしげに眺め、これがたったの五百文。八十両で買ったのに……。

騙されたと悔やんでも、売りつけた男の所在はもうわからない。

藤兵衛が壺を売ろうと思い立ったのは、おすみという女と手を切るためだった。つまり手切れ金を都合しようと思ったのだが、できなくなった。

とぼとぼと歩きながら何度もため息をつく。手切れ金をどうやって作るか。そのことが頭を占めていた。

おすみとの縁を断ち切るには金しかない。しかし、十両二十両で納得する女ではない。強欲で我《わ》が儘《まま》。見栄《みば》えはいいが、付き合っているうちに気性の悪さが鼻につくようになってきた。

(何か他の手を考えよう)

胸のうちにいい聞かせて店に戻った。

店は浅草茅町《あさくさかやちょう》二丁目にある「柏屋」という菓子屋だった。南京おこしや岩おこしが有名で、かなりの繁盛店だ。

店に戻ると元気のない藤兵衛に番頭や手代、使っている小僧たちが挨拶をしてくる。生返事をして奥の座敷に行ってぺたんと腰をおろしたとき、さっと一方の障子が開けられ、女房のお末《すえ》があらわれた。

「あなた、お話があります」

お末は無表情な顔で藤兵衛の前に座った。きっとした目を向けてくる。

「なんだね?」

「なんだねじゃありません。妾《めかけ》のことです」

見えはしないが、お末の頭には角《つの》が生えている。

藤兵衛はドキッと心の臓をふるわせる。

「もうあなたの女遊びにはあきれるばかりです。甲斐性があるからでしょうが、そもそもその甲斐性ある男になったのは、誰のおかげだと思っているのです。しかも、しかも、あっちの女こっちの女に手をつけ、まったくあきれ果てるとはこのことです。いったい何人の女を囲えば気がすむのです。いまさらわたしにかまってくれとは申しません。触られても鳥肌が立つだけですからね。それだけではありません」

お末はぽんぽん、ぽんぽんと間断なくまくし立てるので、藤兵衛は口を挟めない。もっとも弁解もできないのではあるが。

「あなたは骨董に凝っていますね。いい趣味をお持ちになったと感心しましたが、騙されてばかりではありませんか。あなたの留守の間に、山水の軸も古伊万里《こいまり》の皿や丼もすべて偽物ではありませんか。そこに飾ってある刀も偽物ですよ。道具屋を呼んで鑑定してもらってわかったのです。そこに飾ってある刀も偽物ですよ。膝のそばにあるのは何ですか？」

藤兵衛が目をまるくしていると、お末の視線は持ち帰ってきた、ガラクタの壺が入っている風呂敷包みに注がれる。

「……壺だよ」

「どうせそれも偽物でしょう。騙されてばかり。高直《こうじき》なものを買っては損をする。

この頃は商売も番頭と手代まかせ。あなたは女遊びと損ばかりする骨董遊び」

「そうつぎからつぎへと……」

弁解したいがその言葉が見つからない。言葉をつごうとしたら、またお末がまくし立てる。

「わたしは決心いたしました」

お末はそこできゅっと口を引き結び、言葉を切った。薹《とう》の立った顔にある切れ長の目でにらんでくる。

「何を……」

「吉兵衛《きちべえ》はいい歳になりました。来年は二十歳です。読み書きも客の取りなしもうまくできるようになりました。算盤《そろばん》勘定もできます。この店を吉兵衛にまかせたいと思います。あなたがなんといおうとそう決めたのです。姉夫婦たちもそれがよいといっています。いずれ吉兵衛が跡継ぎになるのは決まっているのですから、それが少し早まったと考えればすむことです」

「では、わたしは……」

「出て行ってください」

「は……」

藤兵衛が言葉をなくしていると、

「話はそれだけです」

と、お末は捨て科白《ぜりふ》を吐いて立ちあがり、

「わかりましたね」

と念押しをし、座敷を出て行った。

二

「おはようございます」

常と変わらずに雇い女中が挨拶をしてくる。

「おはよう」

藤兵衛もいつもと変わらず挨拶を返すが、表情はかたい。まだ女房のお末の顔は見えない。一晩寝たらお末の気も変わっているはずだと思う。そう願う。

昨日はお末の癇《かん》に障《さわ》ることが露見したから、あんなことをいわれたが、いうだけのことをいったお末の気もすっきりし、普段どおりに接してくれると期待する。

お末は竹を割ったような気性だ。いうだけのことをいったら気持ちが晴れているはずだ。これまでもそうであった。

居間に座り、女中の差し出す茶に手を伸ばしたときに、

「おはよう」

と、お末があらわれた。

台所にいる女中は明るく挨拶を返したが、お末はすぐそばに座っている藤兵衛に気づくと、何か汚いものでも見つけたような顔をし、一瞬険しい視線を向けたとたん、ぷいとそっぽを向き、そのまま奥座敷に戻ってしまった。

藤兵衛は常と変わらず声をかけ、言葉を交わそうとしたのだが、そのきっかけをつかむことすらできなかった。

内心でため息をつき、茶に口をつけた。女房の気持ちはかたいようだ。

（ならばわたしはどうすればよい）

湯呑みに浮かぶ茶柱を見つめて考える。わたしは「柏屋」の主だ。それは紛れもない事実であり、枉《ま》げることはできない。

さりながら弱味がある。

主に収まったのは棚から牡丹餅《ぼたもち》みたいな幸運があったからだ。それに甘んじて先代の跡を継ぐことになったが、実質は婿養子と同じである。お末の姉もその夫

も、折あるごとにいってきた。

——あんたは養子として「柏屋」に入ったのだから、そのことを忘れずに。

そして、先代藤兵衛もいまわの際に遺言を残した。

——伊三郎《いさぶろう》や、店を継ぐ長男に先立たれ、まことに残念でならぬが、跡継ぎはお末の亭主である、おまえさんにまかせたい。お末の上には二人の娘がいるが嫁いでいるから、その亭主にまかせるわけにはいかない。おまえさんはこの店に養子に来たと思い、お末と力を合わせて店を繁盛させてくれ。

その遺言はお末をはじめ、嫁に行っているお末の姉二人も聞いている。

つまり、その瞬間から、藤兵衛は養子縁組で「柏屋」に入ったことになった。

番頭も手代もそう思っている。お末の姉二人もそうであるし、その夫もそうだ。

何かにつけ、「あんたは『養子』だから」という言葉を、藤兵衛は突きつけられてきた。そして、藤兵衛自身もそう思うようになったし、思い込んできた。

柏屋に入り、運良くお末と夫婦になったが、まさか跡取りになるなど予想だにしていなかった。長男の長兵衛《ちょうべえ》が逝去したのは四十歳のときで、跡継ぎとなる子どもはいなかった。

当時はまだ伊三郎だった藤兵衛が、三十五歳のときだ。

「旦那様、味噌汁が冷めてしまいますよ」

女中の声で我に返った藤兵衛は、膝前の箱膳を見た。飯と目刺しと漬物、そして味噌汁がのっていた。

「あ、そうだね」

藤兵衛は箸を持ち飯碗を取り食事にかかったが、食欲はなかった。味噌汁を少しすすっただけで箸を置いた。

「どうも食が進まぬ」

そういって席を立つと、女中がどこか具合でも悪いのではないかと心配した。

藤兵衛はそれには答えずに、自分の寝所に戻った。がらりと障子を開け、遠くの空を見やる。

お末に離縁を持ちかけられている。三行半《みくだりはん》は亭主が突きつけるものであるが、自他共に自分は〝養子〟身分だと認めてきた負い目がある。

お末という立派な妻がありながら、女遊びに明け暮れた。骨董に目覚めて、それを趣味としたが、どれもこれも偽物をつかまされている。

藤兵衛が散財しても店はビクともしないが、お末の堪忍袋もおそらくこれまでなのだろうと、女房の気持ちを慮《おもんぱか》る。若い頃なら、

「てやんでい、なにいってやがる！　亭主に向かってそんな口の利き方があるか！」

と、怒鳴りつけていただろうが、藤兵衛は先代の跡を継いでから主らしく振る舞わなければならぬ、若い頃の自分のままではいかぬと自制するうちに、人間としての角が取れ、穏やかでものわかりのよい男になった。

おかげで贔屓の客にも材料などの仕入れ先にも評判がよくなった。店の奉公人たちも「旦那様、旦那様」といって信頼してくれるようになった。

そのことで図に乗ったわけではないが――いや、乗ったのかもしれぬ――、いつしかお大尽を気取るようになり、女を囲い、派手に遊ぶようになった。

お末も目をつむってくれた、はずだったのだが、それは大きな間ちがいだったと、いまさらながら気づく。

「はあ――」

我知らず深いため息が漏れる。

(どうすればいいのだ)

頭を下げてこれまでのことを謝罪し、心を入れ替え商売に励むから今度ばかりは堪忍だ、これからのわたしを見てくれと願い倒したらどうだろうか。

しかし、男としての沽券《こけん》は藤兵衛にもある。養子の分際とはいえ、女房に頭を下げて許しを請う男がどこにいる。

（昔のおれだったら……）

と、心のうちで思ったことを、すぐに否定する。

昔の自分に戻ったらそれこそ爪弾《つまはじ》きされるだろうと、おのれを窘《たしな》める。

（では、どうすればよいのだ）

そこまで考えたとき、手を切ろうとしているおすみのことが頭に浮かんだ。

（そうだ、頭を下げるとしても、まずはおすみと手を切るのが先だ）

おすみを囲っているままでは、お末に弁解ができない。責められたとしても、もう手を切ったといえば、お末も溜飲《りゅういん》を下げるかもしれない。

それにしてもなぜ、こうも気弱な男になったのだろうかと、藤兵衛は自分のことを思う。

（これも歳のせいなのか……）

藤兵衛はおすみと手を切るために、重い腰をあげた。

思わず「よっこらしょ」と、声が漏れる。

三

店を出た藤兵衛は大橋（両国橋）をわたる。以前なら心がはずんでいたものだが、いまは気が重い。手切れの金はないが、話をしなければならない。

そう思うと、急に足が止まった。大橋のなかほどだった。欄干《らんかん》に手をつき、本所藤代町《ほんじょふじしろちょう》に目を向ける。手前には百本杭があり、黒い鴉が止まっていた。

おすみには大川に面した小さな家を借りてやっている。夏には縁側で花火を眺め、仲睦まじく酌をし合った。猫の額ほどの庭があり、そこで鼠花火をして楽しんだ。

盥《たらい》で湯浴みをするおすみを眺めて楽しんだ。月見もしたな、雪見もしたなと思い出す。

ふうと、ため息をついて足を進める。どうやって別れ話を切り出すかを考えるが、なかなかまとまらない。それでも縁切りをしなければ、自分の進退に関わる。

「ごめんよ。わたしだ」

戸口に立って声をかけると、

「あら、旦那」

　と、いつものはずんだ声がして、すぐに戸が開けられた。目の前におすみのにっこり微笑む顔がある。嬉しそうだ。色白の瓜実顔《うりざねがお》。

付き合っているうちに三十になったが、それでも肌の艶はいいし張りもある。腰はくびれ、足首がきゅっと締まっていて、うなじの白さが際立っている。

「ちょいと邪魔するよ」

「何をおっしゃっているのよ。ささ、早くお入りになって。でも、どうしたのです。こんな昼間に……」

　居間にあがるなり、おすみが怪訝《けげん》そうに首をかしげる。柳眉に一重の目。高くもなく低くもない鼻に、ぽっちゃりした唇。

「今日は折り入って話があるんだ」

「あら、なんでしょう。ちょいとお待ちください。いまお茶を淹れますから、あ、それともお酒になさいますか」

　立ちあがったおすみが振り返る。

「いや、茶でいい」

　と応じたが、

「そうだな、ちょいと酒にしよう。ああ、冷《ひ》やでいいよ。きゅっとやるだけだ」

と、いい換えた。

おすみは可愛く首をすくめ、すぐに用意するといって台所に立つ。藤兵衛はその後ろ姿を眺めながら、

(やっぱりおまえさんはいい女だな)

と、内心でつぶやく。

薹の立ったお末とは雲泥の差だ。尻は四角くなくまるい。うなじの白さも肌の張りも艶も、お末とは大ちがい。だが、手を切らなければならない。

「さ、わたしもお供つかまつりましょう」

酒の支度をして戻ってきたおすみが、おどけたようにいう。

藤兵衛は冷や酒をくいっと飲んでから、空咳を一つして、あらためておすみを見た。

「お話って何かしら? 楽しいお話かしら……。いつか旦那はいっていましたね、箱根に湯治《とうじ》に行こうって。これからはよい季節です。行ってみたいわ、わたし」

おすみはひょいと首をすくめる。

「あ、ちょいと肴はないかね」

すぐには切り出せないので、藤兵衛は時間を稼ぐ。おすみはすぐに台所に立って支度をする。藤兵衛はまたその後ろ姿を眺める。

おすみは日本橋米沢町三丁目にある高級料理茶屋の仲居だった。知り合った当時は二十五歳。どういう経緯《いきさつ》があったか聞いていないが、亭主と生き別れて女の細腕ではたらいていたのが、藤兵衛の目に止まり、そのまま口説いて囲い者にしたのだった。

「これでよいかしら」

おすみが酒の肴にと見繕ってきたのは、香の物と蒲鉾《かまぼこ》だった。

「それで……」

おすみは鼻の頭に小じわを寄せて見てくる。藤兵衛は蒲鉾の切り身をつまんで食べ、うん、うまいなという。

「ご近所さんにいただいたのですよ。ときどき持ってきてくださるの」

「親切な人がいて、おまえさんは果報者だね」

「それで、お話というのは……」

藤兵衛は空咳をひとつして、

「その、おまえさんとの間柄なのだが……」

と、いい澱《よど》んで酒に口をつける。おすみの顔から笑みが消えた。

「そろそろこの辺で……まあ、長いようで短い付き合いであったが、おしまいにしようと思うのだ」

自分でも驚くほどはっきりいったものだ。おすみの表情がかたくなった。

「別れるとおっしゃるのね」

おすみの目がきつくなっていた。

「まあ、早い話がそうだ」

「ふうん」

おすみはぐい呑みの酒を一息にあおった。それから一重の切れ長の目を厳しくした。

「勝手なものですね。囲い者にして、飽きたから別れるとおっしゃるのね」

「飽きたというわけではないのだが……」

「同じことです。別れ話をいいに見えたのですね。日中に見えるから何事かと思えば、そういうことでしたか……ふうん。そうですか」

「勝手ないい分だというのはわかっている。まあ、突然でもあるし」

「他にいい女でもおできになりましたか？」

「そんなことはない」

「わたしはタダでは別れませんよ」

やはりそう来たか。

「わかっている」

「二百両」

おすみはきっぱりといい切った。藤兵衛は目をまるくした。

「に、二百両……」

「安いもんでしょう。さんざんわたしを玩《もてあそ》んで楽しんだんですから。旦那にいい寄られたとき、わたしにはもらい手があったのです。それを断れ、わたしがしっかり面倒を見るとおっしゃったのは、どこのどなたです。一生面倒を見る、とおっしゃったのを忘れたというんじゃないでしょうね」

そんなことをいったかな、いったような気もするが、いっていないような気もする。藤兵衛は目を泳がせる。

「わたしと別れてここを追い出すなら、当然でございましょう。その責任は取っていただきます」

藤兵衛はキリッとした顔でいうおすみを、どこか遠くにいる女のように見た。

四

「閑《しずか》さや岩にしみ入る蟬の声……いい句だなあ……」

桜木清兵衛はお手本を読みあげて、いたく感心顔をする。

筆を持ったまま文机に頰杖をつき、どうやったらこんなきれいで風流な句を作れるのかと思う。

自作の句は、季語が重なったり、字足らずだったり字余りだったりする。

「いっこうにわしはうまくならん」

独り言をいって筆を放るように置き、鰯雲《いわしぐも》の浮かぶ空を眺める。鳶が舞っている。垣根越しに隣の家の柿が見える。すでに色づいている。

「おお、もう秋なのだ。そうだ夏ではない」

またぶつぶつと独り言をいって、手許にあるお手本をめくる。

――秋来《き》ぬと目にはさやかに見えねども風の音にぞおどろかれぬる

これだ！　秋はこれを凌《しの》ぐ句も歌もないと、胸のうちで絶賛する。筆を持ち直し「いざ」と、半紙と向かい合うが、とたんに言葉が浮かんでこない。

「なんですか、さっきからぶつぶつと……」

背後から声がかかった。清兵衛は振り返って妻の安江を見る。

「句を捻っておるのだが、いっこうにいい句が浮かばぬのだ」

「まああ、そこに座ってばかりでは浮かびませんでしょう。いつものように散歩に行ってらしたらいかがです。表を歩けば、彼岸花《ひがんばな》や水引《みずひき》が見られます。そうそう、金木犀《きんもくせい》のいい香りもあります」

安江はさらさらとそんなことをいう。

「たしかにそうであろう、そうである。うむうむ、狭い家にいてはいい句はできぬはずだ。よし、ちょいと歩いてこよう」

思い立ったが吉日。安江の言葉で背中を押された清兵衛は、手早く身支度をして家を出た。着流しに大小という、いつものように気楽な恰好だ。

たしかに道を歩けば、空き地の隅や家の角の草叢に赤い彼岸花や水引がある。大名家の長塀越しに金木犀がのぞいてもいる。

秋の花を探そう。

本湊町にある小さな自宅屋敷を出た清兵衛の足は、自然と湊稲荷のほうに進む。その稲荷社には百日紅《さるすべり》の赤い花が咲いていた。もう見られないと思ったが、夏が過ぎたのにまだ花が咲いていた。

百日紅の季語はいつなのだと疑問に思う。短歌や俳句の材にするには、いつまでも咲きつづける面倒な花だと胸のうちでぼやく。

「あら、桜木様……」

八丁堀に架かる稲荷橋をわたろうとしたとき声がかかった。振り返ると、甘味処「やなぎ」の看板娘おいとが、にこにこした顔を向けてきた。

「どこへいらっしゃるんですか？」

「うむ、ちょいとその辺を歩いてみようと思ってな……」

「通り過ぎないでお寄りになってくださいょぅ」

おいとは人あたりのよいふっくらした顔に笑みを浮かべる。

「そうだな。おまえさんに会ったからには……」

清兵衛は笑みを返して、緋《ひ》毛氈《もうせん》の敷かれた床几に座った。

「ちょいと秋の花を探しに行こうと思っていたのだ」

「それでしたら楓川沿いにたくさん見られますよ」

「ほう、そうであったか」

「河岸道をよく見ると、彼岸花や葛《くず》の花や弁慶草《べんけいそう》があるんです」

「それは気づかなんだ。どれ、茶をもらおうか」

「八丁堀沿いの道でも見ることができます」

おいとはそう教えるとすぐに茶を持ってくるといって、奥に消えた。

そうか、どこにでも花は咲いているのだなと、独り合点する。

「お待ちどおさまです」

おいとが茶を運んできて、花だったら木の花もあると教えてくれる。

「金木犀や芙蓉《ふよう》、それから薄《すすき》もそろそろですね」

「そうか薄もあるな。すっかり忘れておった」

「桜木様はお姿も風流ですけど、花探しをされるなんてまた風流でございますね」

それから取り留めのない短い世間話をして、清兵衛は「やなぎ」をあとにした。

稲荷橋をわたり、八丁堀の河岸道を歩く。

普段目を凝らさないところにたしかに秋の花が見られた。弾正橋をわたると、今度は楓川沿いの河岸道をゆっくり歩く。柳の並木があるが、そのそばには韮《にら》の花や菊芋《きくいも》が咲いている。店先に目をやると、鶏頭《けいとう》や玉簾《たますだれ》の鉢植えもある。

（なんだ、なんだ……）

そこらじゅうに花はあるではないかと、感心しながら胸のうちでつぶやくが、それが季語に結びつくかというとそうではないし、句も浮かんでこない。

「もしや、桜木の旦那では……」

そんな声を漏らして立ち止まった男が目の前にいた。

清兵衛は目を凝らすが男に見覚えはない。はて、どこで知り合ったか？　男の身なりはよい。路考茶《ろこうちゃ》の羽織に薩摩絣《さつまがすり》の小袖、そして献上博多の帯に高直そうな巾着を提げていた。

「花村銀蔵《はなむらぎんぞう》さんでございましょう」

清兵衛は眉宇《びう》をひそめた。元気者だった若い頃、浅草界隈《かいわい》で暴れるときに使った偽名を相手は口にした。

（あの頃の男か……）

清兵衛は相手の顔を食い入るように見た。髪に霜を散らし、しわの深い顔、それでいてどこかに人品《じんぴん》のよさがある。

「もう三十年以上前ですからお忘れでしょう。浅草の伊三郎です」

清兵衛はカッと目をみはった。

「おお、伊三郎であったか。いや、ずいぶんと面変《おもが》わりしたのでわからなかった。いやいや、これは懐かしいではないか。達者そうであるな」

「桜木の旦那もお達者そうで何よりです」

「うむうむ」

と、うなずく清兵衛はようやく伊三郎のことを思い出した。歳は自分より一つか二つほど若かったはずだ。元気者のわりには小心者で、清兵衛は戒《いまし》めのために殴り倒したことがある。

「思い出していただけましたか。嬉しゅうございます」

伊三郎はそういってお辞儀をした。

「何をしておるのだ？」

「これといった用はないのでございますが、ちょいとこの辺まで足を延ばしただけです。桜木の旦那、あ、花村銀蔵さんと呼んだほうがよろしいでしょうか」

「やめてくれ。それは昔の通り名だ。いや、三十数年ぶりであるか。暇なら茶でも飲もうではないか」

五

「旦那のことは折にふれ知っていたんでございます。何度もお見かけしたこともありますが、なにせ旦那はお役所のえらい与力様です。軽々しく声をかけるのを憚《はばか》っていたんでございます。まさか、あの花村銀蔵さんが、町方の与力だと知ったときは、ただただ驚くばかりでございました」

越中橋の近くにある茶屋の床几に座るなり、伊三郎は相好を崩して話す。

「隠居されたと知ったときも驚きました。少し早いのではないかと……。でも、お元気そうでようございました」

「まあ、若い頃はいろいろあったが、昔のことはその辺にしておいてくれぬか。人の耳があるからな。それで、いまは何をしておるのだ?」

清兵衛は伊三郎をあらためて見て訊ねた。

「まあ、いろいろとございました」

そういって伊三郎は、かいつまんでこれまでのことを話した。

血の気の多かった自分を悔い改め、「柏屋」という菓子屋に奉公したこと。そこで店主の末娘と結ばれ、店を継いだ長男が早く他界したので自分が跡継ぎになり、先代店主の名を継いでいまは「藤兵衛」と名乗っていることなどだった。

「女房の上には二人の姉がいるのですが、二人とも嫁いでおりまして、奉公人だったわたしが思わぬ出世をさせてもらったのです」

「そうか、いまは藤兵衛というのか。それにしても、若い頃とちがい人品がよくなった。それも店の主としての心構えができたからであろう。真面目にはたらいているというわけか。何よりである」

「はあ、まあ、それはよいのでございますが……」

伊三郎から名を変えた藤兵衛は、顔を曇らせて茶に口をつける。

「何か困りごとでもあるのかね」

清兵衛が藤兵衛を見ると、ため息をつく。

「じつは女房に離縁を迫られているのです」

「女房に離縁を……」

清兵衛は片眉を動かした。

藤兵衛は「柏屋」という有名菓子店の主である。その主が女房に三行半を下すのならわかるが、少し話があべこべだと思う。

「わたしは店を継がせてもらいましたが、婿養子という扱いです。真実はそうでないのでしょうが、いつの間にかまわりも身内もわたしのことを養子扱いです。抗《あらが》ってもよかったのですが、そんなことをすれば総スカンを食らい、早々に追い出されると危惧《きぐ》いたしまして、養子でも何でも好きに呼んでくれと甘んじたのがよくなかったのでございましょう」

「何故離縁を……」

「まあ、わたしの女遊びです。それから下手の横好きで道具を買い漁ったのですが、それがどれもこれも偽物をつかまされただけで……」

藤兵衛は「はあ」とため息をつく。

「妾でも囲ったか？」

「五本の指ほど囲いました。女房は知っていても何もいわなかったので、わたしが図に乗ってしまったのです。おかげで無駄遣いもいたしました」

「いまも五人の女を……」

ずいぶんお盛んな男だなと思ったが、藤兵衛は顔の前で手を振って、

「いまは一人です。旦那だから正直に話しますが、それはおすみという女です。わたしはそろそろ縁切りをしようと考えていた矢先に、女房に離縁をしたいとい

われまして」

と、またため息をつく。

「女房殿は長年不満を溜め込んでいたのだろう」

「わたしの至らなさです。ですが、おすみとは縁を切らなければなりません。きれいさっぱり手切れをしたら、女房に土下座をしてでも許してもらおうと考えているのですが、おすみは欲深い女で、縁切りするなら二百両寄越せと申します」

「それは大金だな」

清兵衛は茶に口をつけて、弱り果てた顔をしている藤兵衛を見る。

「道楽で買い集めた書画骨董があるので、それを売りさばいて手切れ金にしようと考えたところ、値打ちものだと思い込んでいた道具はどれもこれもガラクタ同然の紛《まが》い物でした。まさか、これ以上店の金に手をつけるわけにもいかないし、そうできないように女房は番頭に強く指図もしています」

つまり、店主としての実権は藤兵衛にあるのではなく、女房にあるということだ。

「離縁されたらいかがするのだ？」

「それは困ります。もうわたしもいい歳です。いまさら他の仕事などできませんし、新たに商売をはじめたいと思ってもその元手がありません」

「もし、おぬしが店を追い出されたら、女房殿が店主に収まるということだろうか？」

「いえ、来年二十歳になる吉兵衛という倅がいます。女房はその倅に店を継がせる気です。わたしもいずれは吉兵衛にと考えていたのですが……まさか、こんなことになろうとは……」

「身から出た錆《さび》といえばおしまいであろうが、困ったことであるな」

「まったくでございます」

藤兵衛はがっくり肩を落とす。

「それでどうするつもりだ？」

「何とかしておすみと手を切るしかありません」

わたしに残された道はそれしかないと、藤兵衛は付け足した。

清兵衛はそんな様子をじっと眺め、

「早まったことはするでないぞ」

と、釘を刺した。すると、うつむいていた藤兵衛の顔がさっとあがった。

「旦那……」

藤兵衛は小さくかぶりを振り、ひ弱な笑みを口の端に浮かべた。

六

清兵衛は茶屋の前で藤兵衛と右と左に別れたが、少し歩いたところで振り返った。

とぼとぼと遠目にも元気なさそうに歩く藤兵衛の背中が淋しく見える。

「あやつ……」

清兵衛は小さくつぶやいて、ふっと息を吐いた。俳句や短歌作りのための季語探しをする気分ではなくなった。

藤兵衛は伊三郎と名乗っていた頃は、元気者だった。徒党を組んで若い破落戸《ごろつき》どもの親玉を気取っていたが、そのじつ小心者で気弱な面があった。

改心して真面目に商家奉公をし、幸運を手に入れたのは幸いだった。ところが歳を取ってから、それまでの運がひっくり返りそうになっている。おそらく女房と離縁したら行き場はないであろう。

（どうする藤兵衛……。おすみという妾とうまく折り合いをつけて別れることができるなら、女房と元の鞘に納まることができるのか……）

三十数年ぶりの再会であったが、昔の誼《よしみ》で突き放すことができない。かといって、自分に何ができるのだと、清兵衛は自問した。

「あなた様が同情されるお気持ちはわかりますが、藤兵衛とおっしゃる方の道楽が過ぎたのでございましょう。妻の目から見れば、自業自得ではないでしょうか」

清兵衛は家に帰り、藤兵衛のことを話したのだが、安江の意見はそうであった。

「たしかにそなたのいうとおりであろうが、どうにも放っておけぬではないか。妾を手にかけやしないかと、一抹《いちまつ》の心配があるのだ」

「そんなことをしたら身を滅ぼすだけでございましょう。養子とはいえ、名のある菓子店をこれまで支えてきた方なのですよ」

「うむ。ま、そうであろうが……」

清兵衛は浮かぬ顔で返事をする。

「もし、そのお妾さんを手にかけたら、柏屋も傾くことになるのではないかしら。お内儀はもとより、吉兵衛さんとおっしゃる跡取りにも迷惑をかけることになるのですよ」

「たしかにそうだ」

だから心配なのだという言葉を、清兵衛は喉元で呑み込んだ。

いまは藤兵衛だが、昔の伊三郎時代のことを、清兵衛は考える。人の性分は若い頃に作られ、そして徐々に固まっていく。藤兵衛がまだ伊三郎だった頃は、見境のない乱暴者だった。自分の非力を隠すために虚勢を張り、仲間を従えて大きな顔をしてのし歩いていた。

その頃の伊三郎だったら、窮地を逃れるために何でもやっただろう。人殺しこそしてはいないが、弱い者いじめをしていたのはたしかだ。ときに刃物を持ちだしての喧嘩もやっている。その頃の性根を目覚めさせたらと、清兵衛は不安に思う。

もちろん藤兵衛はいい歳であるし、いまは分別もあろうし道理もわかっているはずだ。しかしながら、追い詰められた人間ほど危ない。

清兵衛は犯罪を取り締まる風烈廻り与力として、長年辣腕《らつわん》をふるってきただけにわかっている。

どんなに真面目な男でも小心者でも、〝窮鼠《きゅうそ》猫を噛《か》む〟の諺《ことわざ》のように、思いがけない行動に出ることがある。追い詰められるがゆえに、冷静さを忘れ常軌を逸するのだ。

「さて、わたしは夕飯の支度でもいたしましょう」

話を終えた安江はそういって台所に去って行った。安江にとって藤兵衛のことは他人事《ひとごと》でしかない。それはよくわかるが、清兵衛はつい、考えてしまうのだ。

(明日にでも「柏屋」の様子を見に行こうか……)

それは気紛れではなかった。

夕暮れ間近になっていた。

西の空に傾いた日が、雲を朱《あけ》に染めている。日の翳《かげ》った地面に落ちた銀杏《ぎんなん》が異臭を放っている。

藤兵衛は自分の店のすぐ近くにある浅草第六天神社の境内にいた。手水場《ちょうずば》のそばに床几があり、それに座っているのだった。

昼間、思いがけなく桜木清兵衛に会った。隠居したのは知っていたが、年相応に面立ちは変わっていても人柄は変わっていないような気がした。それ故に、話さなくてもよいことを話してしまったことを後悔していた。

自分の過《あやま》ちを晒《さら》し、夫婦の内情を暴露したのだ。おすみのことも口にしてしまった。

（つくづく自分がいやになる）

藤兵衛は膝に拳《こぶし》を打ちつけた。一回、二回、三回。

「くそッ」

思わず声が漏れる。それは自分に対するものであり、女房に対するものであり、妾のおすみに対するものでもあった。

だからといっていま自分の身に降りかかっている〝災い〟が解決するわけではない。

（どうすればいいのだ）

空を仰いだ。

もう暗くなっている。〝秋の日は釣瓶《つるべ》落とし〟というが、まさにそうであった。

（お末は本気であんなことをいったのだろうか……）

と、ぼんやりした目を薄暗くなった境内に向ける。

いや、本気だろう。あのきつい目。にこりともしない顔ではっきり断言したのだ。それでもこの窮地を抜ける方策はあるはずだと考える。

女房の怒りはなんだと考える。値打ちものだと思い込んで高値で引き取った書画骨董がガラクタだったからか？　いや、それはない。

──あら、いい道楽を見つけられましたね。

お末はそういって、この軸はなかなか見事だとか、この絵は風趣がいいから気に入りましたなどといってくれた。決して道楽を責めはしなかった。

するとやはり女か。そうであろう。さんざん女遊びをやって来たからな。そのツケがまわったといえばおしまいであるが、さすがにこの歳になって二十歳ほど歳の差のある若い女を囲っているのが気に食わないのだろう。

それまでの女はあまり歳の差がなかった。そして長い付き合いもしなかった。せいぜいが一年か二年だ。お末はそんな女たちのことを知っても、

──あなたの甲斐性のうちでなさるのですからね。でも、ほどほどに……。

強く咎《とが》めはしなかった。

お末の態度が変わったのは、おすみを囲いはじめた頃だった。

（たしかにそうだ。あの頃からだ）

藤兵衛は確信した。

何が何でもおすみとは縁を切らなければならない。藤兵衛はそう結論づけた。

はじかれたように立ちあがると、薄闇に目を光らせた。

「人の足許《あしもと》を見て手切れの金を吹っかけるとは、とんだ女狐《めぎつね》だ」

思わずつぶやきが漏れた。

「これまでどれだけいい思いをさせてやったと思うのだ」

嘗《な》められてたまるかと、拳を固めて境内を出た。

あいつさえいなくなれば、我が身は安泰なのだと思い至った。

（よし、やってやる）

藤兵衛は気持ちを奮い立たせた。

七

翌朝、藤兵衛は帳場裏の小部屋にいた。

黒柿の文机には大福帳や掛け取り帳、仕入れ帳などが積まれている。昨日はほとんど仕事をしていないので、番頭からもらった帳面を検《あらた》めているのだが、いっかな頭ははたらかない。

そもそも帳面検めをする必要もないのはわかっている。それでもたまに目につく間ちがいや計算ちがいを見つけることがあるから疎《おろそ》かにはできないのだが、やはり頭のなかをぐるぐると同じことがめぐっている。

昨夜、藤代町のおすみを訪ねたが留守だった。合鍵を持っているので家のなかに入って待ったが、なかなか戻ってこなかった。台所にあった蒲鉾や竹輪を肴にちびちびと酒を飲んだが、おすみの足音はいつまでたってもしなかった。聞こえてくるのは虫の声のみで、待ち人来たらずの体《てい》であった。あきらめて家に戻ったのは、五つ半（午後九時）頃だっただろうか。

当然のように女房の出迎えはなかった。今朝も起きてからいままで、お末とは顔を合わせていない。顔を合わせ短い言葉を交わすことができれば、それをきっかけに自分は悔い改めて、真面目にはたらくと話し、これまでお末を蔑《ないがし》ろにしたことに対して、深く詫びを入れるつもりでいる。

だが、お末は自分を避けるように家のなかを動いているようだ。

（離縁となったら、当面の費《つい》えぐらいはくれるのだろうか）

胸中でつぶやき、ふうとため息をつく。

「おとっつぁん」

ふいの声に顔をあげると、倅の吉兵衛が部屋の入り口に立っていた。話があるという。

「どんな話だね。まあ、ここに来なさい」

そばに呼ぶと、吉兵衛は藤兵衛の前に腰をおろして、悲しげな目を向けてくる。

「どうした？」

「おっかさんの腹立ちは、わたしにもわかります」

吉兵衛は両膝に置いた手をにぎり締める。

「わたしの道楽と女遊びのせいだというのはわかっている」

「店の売り上げを湯水のように遣いましたね」

それをいわれると反論できない。

「わたしもそんなおとっつぁんにあきれていました」

藤兵衛はふむとうなずいて、吉兵衛を眺める。女房に似たのか、鼻筋のとおった涼やかな目をしている。

「でも、わたしはおとっつぁんのことを嫌ってはいません。子供の頃はよく遊んでもらい、読み書きも教えてくれましたね。縁日にも夏の花火にも、祭り見物にも連れて行ってもらった。おとっつぁんはいつもそばにいた。それがいつの頃からか、離れてしまった。わたしがそれなりに大人になっていったからだと思います。でも淋しかった」

藤兵衛はゆっくり視線を下げた。

「おっかさんも同じ思いだと思うんです。淋しかったんですよ。心が離れて、互いの思いが伝わらなくなった。でも、おとっつぁんにはなくてはならない女房ではありませんか」

「そりゃそうだ」

「だったらおっかさんに謝ってください。おっかさんだって鬼ではない。おとっつぁんへの情がなくなったわけではないんです」

藤兵衛は静かに吉兵衛を眺めた。

「おっかさんにいわれたのか？」

吉兵衛は首を横に振った。

「おっかさんは離縁するといっているけど、わたしはそうなってほしくない」

「おまえのいいたいことはわかった」

「お願いいたします」

吉兵衛は頭を下げて出て行った。

「ふう」

一人になった藤兵衛はため息をついて腕を組み、顎を撫でた。吉兵衛のいいたいことはよくわかった。お末に頭を下げて謝るべきだということもわかっている。だが、このままでは中途半端だ。

お末に詫びを入れる前に、おすみときっぱり手を切る必要がある。女房への謝罪はそれからだ。そうしなければ、お末も納得しないだろうし、信用もしないだろう。

「旦那様、桜木様とおっしゃる方が見えています」

考えごとをしていると手代がやって来て、そう告げた。

帳場の前で待っている清兵衛は、いたく感心していた。若い頃、粋がって幅を利かせていた男が、いまや立派な菓子屋の店主になっている。

あの頃は想像すらできないことだった。清兵衛が「柏屋」を訪ねたのは初めてである。店のことはそれとなく知ってはいたが、間口は四間もあり、奥行きもありそうだ。番頭や手代の応対はそつがなく、若い小僧たちも礼儀正しい。

土間の平台には南京おこしや岩おこしなどが並べられている。また奥で菓子作りをしているらしく、芳《こう》ばしい匂いも漂ってくる。

表では小僧たちが「おこしはいかが、おこしはいかがですか」と、売り声をあげていた。

「桜木の旦那……」

帳場の奥から藤兵衛があらわれた。

「その辺まで来たので顔を拝んでおこうと思ってな」

清兵衛が口の端に笑みを浮かべて言うと、

「お暇でしたらどうぞおあがりください」

と、藤兵衛が勧める。昨日と同じように曇りがちの顔をしている。

清兵衛は迷惑ではないかと断ったが、遠慮はいらないと藤兵衛が勧めるので、それでは少しだけといって奥の座敷に案内された。

広くはないが、よく手入れのされた庭の見える瀟洒《しょうしゃ》な座敷だった。

「立派な店であるな。よくぞ、ここまで出世したものだ」

「運がよかっただけです」

藤兵衛は謙遜《けんそん》して、煙草盆を清兵衛の膝許に寄せたが、

「わたしはやらぬのだ。肺を患っているといわれたときからきっぱり煙草はやめた」

「肺を……」

　藤兵衛は驚き顔をした。

「うむ。医者の診立《みた》てはそうだったのだ。それで早隠居をした。ところが、あとでただの咳気《がいき》（気管支炎）だったというのがわかってな」

　清兵衛はそういって、ハハハと笑った。

「労咳《ろうがい》でなくてようございました」

「しかし、そのことで隠居をすることになったのだ」

　藤兵衛が、そうだったのでございますかと応じたとき、小僧が茶を運んできた。躾《しつけ》が行き届いているらしく、小僧は茶を差し出し、下がるときの所作も丁寧だった。

「それにしても粋がっていた頃とは大ちがいであるな」

　清兵衛は藤兵衛をしみじみと見る。

「旦那にはさんざん痛めつけられましたが、旦那もあの頃とは大ちがいでございます」

「まあ、いろいろあったが、昔は昔だ。それで、昨日話したことだが、お内儀とは仲直りしたか？」

清兵衛が湯呑みをつかんで聞くと、とたんに藤兵衛の顔が曇った。

「いえ、昨夜から顔も見ていませんで……。わたしを避けているのでしょう」

「それは困ったことだな」

「まあ、わたしが至らなかったというのは重々わかっていますので、しっかり謝らなければならないのですが、謝ったところで許してくれるかどうかわかりません」

「長年連れ添った夫婦であろう。謝れば許してくれるのではないかね」

「へえ、許してくれるかどうかわかりませんが、謝る前にわたしはけじめをつけなければなりません」

「けじめ……」

「昨日もお話ししましたが、おすみという妾ときっぱり手を切ることです。女房に頭を下げるのはそれからだと思うんでございます」

「いかさま、な。たしかにそうすべきであろう。それでうまく折り合いをつけられそうなのかね」

「そうしなければなりません。桜木の旦那に、ご心配をおかけするようなことを申しまして恐縮でございます。こればかりは、わたしがやらなければならないことですから」

「肚《はら》は括《くく》っているということか……」

「へえ」

清兵衛は短く藤兵衛を眺め、ふっと安心させるような笑みを浮かべ、

「藤兵衛、昔のおぬしとはちがうのだ。まかり間ちがっても、早まったことをしてはならぬぞ」

と、窘めた。

「わかっております」

藤兵衛は深刻な顔で頭を下げた。

八

店の表まで出て清兵衛を見送った藤兵衛は、一度空をあおぎ見た。雲行きのあやしい曇天《どんてん》である。一雨来そうだと思いつつ店に戻り、帳場裏の仕事部屋に入ったが、心は落ち着かない。

今日のうちに話をつけてしまおう。こういったことは、ずるずる引きずればばか

えって自分の分が悪くなる。そう思い決めた藤兵衛は、帳面仕事を手早く片づけると、

「これといって気になるところはなかった。よくやってくれて助かる」

と、帳面を番頭に返して、

「ちょいとわたしは用があるので出てくる」

と、告げた。

「お帰りは遅くなるんでしょうか？」

古参番頭が聞いてきたので、藤兵衛は短く考えてから答えた。

「遅くはならないよ。すぐ近くまで行ってくるだけだから」

藤兵衛はものの一刻（約二時間）もかからぬはずだと思った。おすみは手切れの金を二百両だと吹っかけてきたが、そんな大金を払うつもりはない。せいぜいが百両だ。

それでもすぐにその金は作れないので、へそくりの五十両を懐に入れて店を出た。

歩きながら五十両で話をつけてやろうと考えが変わる。おすみにはさんざんいい思いをさせてやった。贅沢もさせたし、着物も簪《かんざし》も、それに化粧道具もほしい

といえば、快く買い与えてやったのだ。

（何が二百両だ）

歩きながら胸の内で毒づく。

大橋をわたり東両国の雑踏を抜けて本所藤代町に入る。昨夜、おすみは留守をしていたが、もう帰っているはずだ。

本所藤代町の入堀に架かる駒留橋《こまどめばし》をわたったとき、ぽつりと冷たいものが頰にあたった。

もう降ってきたかと暗い空を見あげ、おすみの家の前に立った。

戸をたたき、声をかけた。どなた、とおすみの声が返ってきた。わたしだと答えると、しばらくして戸が引き開けられた。

おすみはかたい表情をしていた。迷惑そうな顔だ。

「昨夜はいなかったね」

勝手知ったる他人の家で、土間に入った。遠慮することはないのだ。自分が借りてやっている家であるのだから。

「ちょいと野暮用があったんです」

「そうかい」

居間にあがり込んで腰をおろすと、おすみはそばに立ったまま、

「手切れの金を持ってきたんですか？」

と、問う。

藤兵衛はおすみを眺めた。いままで可愛い女だと思っていたが、どこか意地の悪い顔に見える。

「そのことで話しに来たんだよ」

「悪い話ならしたくないわ」

おすみはむくれたような顔で、藤兵衛のそばに座った。

「これまでおまえさんとはうまくやってきたが、ものには潮時《しおどき》というものがある。それにわたしは歳を取った。おまえさんはまだ若いし、何でもやれる」

「ふん、都合のいいことをいわないでください。わたしはもう三十ですよ。その ことはわかって、おっしゃるんですか。女の三十といえば大年増。はたらきに出ようとしても雇ってくれるところは滅多に見つからないのです。それともいい男を見つけて添えとでもおっしゃるの」

おすみはまくし立てるようにいって、これまで見せたことのない鋭い目を向けてくる。

「おまえさんの器量ならすぐにいい男を見つけられるだろう。だからといって、そうしろというのではない」

「ではなんです？」

「手切れの金は払う。だが、二百両は都合をつけられない。そこで相談なのだが……」

「なぜ、二百両の金を都合できないんです。旦那は大きな菓子屋のご主人様ではございませんか。いくらでも都合はつけられるはずでしょう」

「そう易々《やすやす》とはいかんのだ。店の主だからといっても、自由に遣える金はかぎられている。おすみ、耳を揃えて五十両払う。それで納得してくれ。おまえさんのほしがるものは何でも買い与えたではないか。その着物も、そこに掛かっている着物もそうだ。この家だって借りてやっている。小遣いだってやってきただろう」

「手を切ったら、わたしは店立てを食らうことになるんですよ」

「だから五十両払うというのだ」

「はあ、あきれた」

おすみが嫌みったらしいため息をついたとき、ぱらぱらという音が聞こえてきた。雨が本降りになりはじめたのだ。

「どうしたら納得してくれるというのだね」

藤兵衛はだんだん腹が立ってきた。こんなにひねくれた女だったのかと、おすみをにらむように見た。

おすみもにらみ返してきたが、はたと何かを思い出したように目をみはった。

「旦那、とにかくわたしは二百両でなきゃ納得しません。話はそういうことです。今日は客が来ることになっているから、帰ってもらえませんか」

「客って誰だい？」

「そんなの誰だっていいでしょう。旦那には関わりのないことなんだから。それに何です。いつもは日が暮れてからしか来なかったのに、突然昼間訪ねてくるなんて迷惑だわ」

「なんだと……」

藤兵衛の頭にカッと血が上った。

「迷惑とはなんだ！　おまえはわたしに囲われている女だ。そんな口の利き方をするとは……」

藤兵衛は必死に怒りを抑えた。固めた拳をぶるぶるふるわせる。

「とにかく手切れの金がなきゃ、話ができないでしょう。旦那、金の用意がないのなら、今日のところは帰ってください」

おすみは立ちあがって、戸口のほうに顔を向ける。一刻も早く藤兵衛を追い払いたいような素振りだ。

「五十両ならすぐに払う」

おすみは首を横に振って、

「帰ってください。金を用意して出直してください。わたしはそれ以外に話はないんですから。さあ、早く」

と、急《せ》き立てる。

「二百両は無理だ」

藤兵衛がそういったとき、戸口の向こうから声がした。おすみの顔がはっとなった。

九

「入るぜ」

がらりと戸が開けられると同時に、男が土間に入ってきた。とたん、居間に座っている藤兵衛と視線が合い、表情が険しくなった。三十半ばのやさ男だが、どことなく崩れた雰囲気を醸している。それに目つきが鋭い。

「兄さん……」

おすみは狼狽《うろた》えた顔をして男に声をかけた。

「兄さん？」

藤兵衛はおすみと男を交互に見た。

「柏屋の旦那ですね。おすみが世話になっています」

兄さんと呼ばれた男は、そのままあがり込んできた。

「おすみ、兄さんといったが……」

藤兵衛はおすみを見たが、男が答えた。

「あっしは安針町《あんじんちょう》の仁兵衛《じんべえ》と申しやす。どうかお見知りおきを……」

仁兵衛と名乗った男は藤兵衛に目を据えたまま挨拶をした。敵意が感じられる。

「おすみのご兄弟ですか？」

そんな話は聞いていないが、藤兵衛は静かに問うた。仁兵衛はふっと、片頰に小さな笑みを浮かべて、

「こいつがあっしのことを、そう呼んでんです」

おすみを「こいつ」といいやがった。藤兵衛は気に食わなかった。いや、仁兵衛のふてぶてしい態度と物いいも不快だ。

「安針町とおっしゃったが、日本橋の魚河岸の近くですか?」

「まあ人まかせですが、細々と小さな蒲鉾屋をやってる男です」

仁兵衛はそういって煙草盆を引き寄せ、帯に挟んでいる煙草入れから煙管を抜いた。一つひとつの所作に剣呑《けんのん》さがある。蒲鉾屋と聞いて、藤兵衛は思いあたる節がある。この頃、おすみは酒の肴にと蒲鉾や竹輪をよく出す。

(なるほど、この男とできているというわけか)

「おすみとご兄弟でなければ、どんな間柄です?」

藤兵衛はつとめて冷静さを装って問う。腹のなかには怒りがあった。

「あっしはおすみの後ろ盾になってんです」

藤兵衛は仁兵衛をにらむように見た。意気がっている男だ。藤兵衛は若い頃の自分を思い出した。

その頃会っていたら取っ組み合いの喧嘩をしたかもしれない。しかし、いまは歳だ。膂力《りょりょく》も落ちているし、喧嘩をする度胸もない。やればたたきのめされるだろう。

「柏屋さん、ずいぶんいい思いをしたくせに、ケチっているらしいじゃねえですか……」

仁兵衛は煙管を吸って、ふうーっと、紫煙を吐いた。煙が藤兵衛の顔にまといつく。

「手切れをするなら、相応のことをしてもらわねえと、おすみが可哀想じゃねえですか。勝手にてめえの女にして、いい思いをし、そして用済みになったからと手を切ってくれというのはあんまりにも身勝手というもんでござんしょ。おすみもいい歳だ。それなりのことを考えてやるのが男ってもんでしょう。手切れには金がかかるが、それを渡すのを渋っているというじゃねえですか」

「仁兵衛さんとやら、あんたには関係のない話だ。わたしとおすみの話し合いに、茶々を入れないでくれませんかね」

「茶々だと……」

仁兵衛はいきり立った顔で、煙管を灰吹きにたたきつけた。ボコッと音がした。

「わたしにとって、あんたは見ず知らずの人だ。迷惑です」

「おい、嘗めたこというんじゃねえぜ」

仁兵衛は身を乗り出して眼光を鋭くした。

「おれはおすみの後ろ盾だといっただろう。関係のある男なんだよ。柏屋といやあ、有名な菓子屋だ。その店の主が、女一人と手を切るのに金をしぶるなんざみっともねえだろう。ええ、そうは思わねえか」

「話はおすみとしているのだ」

「そうかい。すると、おすみ、話はきれいについたのかい？」

おすみは首を横に振って、

「わたしゃ二百両だといってんのに、旦那は五十両で手を打ってくれだって……」

と、藤兵衛を見る。

「かー、あきれちまうね。大店の旦那が、百五十両もケチるっていうのかい。そりゃねえだろう。若いおすみとさんざん乳繰《ちちく》り合って、いい思いをしたんだろう。吉原に行って花魁《おいらん》をあげりゃ一晩にいくらかかる？　え？　そのことを考えたら、安いもんじゃねえか。用なしのおすみにはその値打ちもねえっていうのかい。冗談じゃねえぜ、柏屋藤兵衛さんよ」

「わたしは十分貢いだ。ほしいといわれれば、いわれるとおりに何でも買い与えた。いい思いをしたのはおすみも同じで、おあいこだ。二百両はあまりにも法外で、わたしにはそんな余裕はないのだよ」

「それとこれとは話が別だ。おあいこだろうが、男としてのけじめってもんがあるだろうが、旦那さんよ」

仁兵衛はぎらつく視線を向けて言葉をつぐ。

「おりゃあ、おすみの後ろ盾だが、ただの蒲鉾屋じゃねえ。安針町の仁兵衛といえば、ちょいと知られた男だ。声をかけりゃ二十人、三十人の男が集まってくる。どいつもこいつも威勢のいい野郎ばかりだ」

「わたしを脅すつもりか……」

「おいおい、言葉が悪《わり》ぃな。話し合いじゃねえか。おすみのいい分がどうしても呑めねえっていうなら、旦那の店へ押しかけて直談判だ。おかみさんも交えてよ。それがいやだっていうんなら、他のことを考えなきゃならねえ。そうなったらあんたの店はどうなるかわからねえぜ」

仁兵衛は不敵な笑みを浮かべ、藤兵衛にいたぶるような視線を向ける。藤兵衛は唇を嚙んで膝許に視線を落とした。もっと若かったらと思う。

仁兵衛は表向きは蒲鉾屋をやっているらしいが、どうやらやくざ者のようだ。

やくざでなくても、それに準ずる破落戸の類《たぐ》いだ。

「仁兵衛さん、とにかくわたしとおすみの話に口出ししないでもらえませんか」

「てめえが、わからねえことというから後ろ盾になってるおれが、代わりに話してるんじゃねえか。何が口出しするなだ！」

仁兵衛は声を荒らげると、どんと片膝を立てて凄《すご》んだ。大した迫力だ。藤兵衛は気後《きおく》れを感じた。いや、怖くなった。若い頃だったらと、自分のことが情けなくなる。

「おすみ、仁兵衛さんはおまえさんの後ろ盾だといっているが、いつからだ？」

「それは……」

おすみは視線を泳がせる。

「昔からだよ」

やけくそ気味の口調で答える仁兵衛を、藤兵衛は静かに眺めた。心が臆していた。

「おすみ、さっきわたしがいったことを呑めないかね」

藤兵衛はおすみを見た。

おすみは小さくかぶりを振った。

「それじゃ、もう一度話し合おう。あらためてくることにする」

藤兵衛はそういって立ちあがり、仁兵衛に顔を向け、

「そういうことです」

といって、三和土に下りた。

仁兵衛が何かいってくるかと思ったが、無言だった。

十

二日ほど雨が降ったあとで、空がからっと晴れた。

「まさに天高く馬肥ゆる秋です」

ワハハと、朗らかに笑う声が店のほうから聞こえてきた。帳場にいる番頭と世間話に興じていた贔屓の客だとわかる。

裏の小部屋で帳面調べをしている藤兵衛は、ぬるくなった茶に口をつけ、ため息をついた。おすみとのことを、いつまでも長引かせるわけにはいかない。

女房のお末と日に何度か顔を合わせるが、藤兵衛と視線を合わせようとはしない。居間にいる藤兵衛に気づくと、毛嫌いするように別の部屋に行ってしまう。

（そんなにわたしのことを……）

女房の逆襲に遭っている藤兵衛は気弱になっていた。頭を下げて謝るにしても、その前におすみとちゃんと別れなければならない。そうしなければ、お末と話もできない。

この二日の間に、藤兵衛は安針町の仁兵衛のことを調べていた。たしかに「日《ひ》野《の》屋《や》」という蒲鉾屋をやっていることがわかった。

仁兵衛は店には顔を出す程度で、人まかせだ。それに土地のやくざと付き合いがあり、町内では顔役になっているらしい。かといってやくざというほどの男ではなさそうだが、面倒な男に他ならない。

「ありゃあ札付きの悪だったんですよ」

という話も聞いた。

そんな男におすみが引っかかったのかと思うと、それまでの思いが一挙に冷める。馬鹿な女を囲ってしまったと後悔もする。だからといって事態が好転するわけではない。

おすみは二百両の手切れ金をほしがっているが、そんな金など払う気はしない。まして仁兵衛というやくざ紛いの男と、陰で付き合っていたと思うとなおさらだ。

おすみに貸し与えた本所藤代町の家に、仁兵衛が出入りしはじめたのが二年ほど前だったというのも調べでわかった。

その二年間、おすみは藤兵衛と仁兵衛に二股をかけていたのだ。それに藤兵衛は昼間は店の仕事があるので、おすみを訪ねるのは日が暮れてからがほとんどであった。つまり、おすみは、日の明るいうちに仁兵衛を家に呼んで関係を持っていたのだ。

そんなことがわかると、藤兵衛には思いあたることがある。夜、おすみの家を出るとき、

「旦那、明日も来てくれるの？」

と、決まって聞いてきた。

明日は寄合があると答えると、残念だわ淋しいわと、哀しそうな顔をした。来ると答えると、明日は用があるから日の暮れにしてくれとか、夕方まで出かけているといった。

いま考えれば、おすみは藤兵衛と仁兵衛がまかり間ちがってもかち合わないように布石を打っていたのだ。

そんなことを知った藤兵衛は、心中で悔しがると同時におすみのことが心底恨めしくなった。いまや裏切られていたのだという思いで、憎らしさのほうが強い。だからといってこのままの状態をつづけるわけにはいかない。徒《いたずら》にずるずると日がたつだけで何の解決にもならないし、進展もない。

いっそのこと二百両わたしてしまおうかと弱気になるが、そんな大金は一朝一夕には作れない。ならば百両ならと思うが、これも同じだ。店の売り上げは、女房のお末が番頭と結託して管理するようになっている。

いまや自分の自由になる金は高が知れている。値打ちものだと思い蒐集した道具は、どれもこれも贋物《がんぶつ》で金にはならない。こちらも騙されたが、おすみにも騙された。

出るのはため息とすかし屁《べ》だけだ。歳は取りたくないが、若さは取り戻せない。

（とにかく話をしなければならない）

藤兵衛は広げていた帳面を閉じて、今夜はきっちり話をつけようと口を引き結んだ。

「旦那様、桜木様というお侍様がお見えです」

小座敷の入口に手代があらわれて告げた。

「桜木様が……」

藤兵衛は清兵衛の顔をすぐに思い出し、相談に乗ってもらえるだろうかと考えた。救いの神かもしれない。

「奥の座敷にお通ししなさい」


「今日はよい天気で、足がこっちに向いてね。ちょいと立ち寄ったのだよ」

清兵衛は案内された奥座敷に入るなり、にこやかな顔で藤兵衛を見た。

「二、三日雨つづきでしたからね。それにしても、いいところにお見えになってよかったです。じつは一つご相談があるのです」

「ほう」

清兵衛は相変わらず浮かぬ顔をしている藤兵衛を眺める。

手代が茶を運んできたので、藤兵衛は口をつぐんだ。清兵衛は差し出された茶に手を伸ばして口をつけた。

「じつは先日お話ししたことです」

手代が去ってから藤兵衛は口を開いた。

「少々面倒なことになっているのです。と、申しますのも手切れをしようとしていたおすみに後ろ盾があらわれまして……」

「後ろ盾だと。まあよいから仔細《しさい》を聞かせてくれぬか」

清兵衛に促された藤兵衛は、三日前に仁兵衛とやり取りしたことを話した。

その間黙って聞いていた清兵衛だが、そういうこともあるのではないかと、じつは心配していたのだ。

「それで、まだ話はついておらぬのだな」

「弱ったことにそうなのでございます。いっそのこと二百両わたしてしまおうかと考えもしましたが、店の売り上げは女房と番頭がしっかり押さえていますので、手をつけることはできません。だから弱ってしまいまして……」

藤兵衛は眉尻を下げて情けない顔をする。

「その仁兵衛という男は何者だ？　日野屋という蒲鉾屋らしいが……」

「たしかに安針町には日野屋という店があります。店主も仁兵衛だというのはわかっております。ですが、商売は自分の子分みたいな男にまかせているようです」

「子分……」

清兵衛は眉宇をひそめて藤兵衛を見る。

「仁兵衛は町内で幅を利かせている男で、土地のやくざと付き合いもあるようですが、やくざではないようです。まあ破落戸に毛が生えたような男なんでしょうが、わたしを脅す口ぶりは堂に入っています。おすみのいい分を聞かなければ、この店に乗り込んで来るともいいます」

はあと、藤兵衛はため息をつく。

「その仁兵衛とおすみはどういう付き合いなのだね？」

「どうやって知り合ったのか、それはわかりませんが、おすみは二年ほど前からわたしと仁兵衛に二股をかけていたのです」

「そして仁兵衛がおすみの後ろ盾になり、手切れ話がややこしくなっているということか……」

「わたしはおすみと手を切ったら、女房に頭を下げてこれまでのわたしの至らなさや放蕩《ほうとう》を、心の底から謝ろうと思っています。それで女房が許してくれなければ、肚を括って店を出て行く覚悟です」

「そなたはこの店の主であろう。あとはどうするのだね？」

「倅の吉兵衛が跡を継ぎます。来年二十歳になりますし、仕事もできます。いずれまかせようと思っていたのですが、それが早まったと考えればいいことですから」

「謝ってもお内儀が許してくれなかったら、この店を出て行く。そう決めているのだな」

「仕方ありません。わたしの不行状でこういうことになっているのですから……」

清兵衛は長々と藤兵衛を眺めた。

若い頃とは大ちがいだ。伊達に歳は取っていないのだなと、あらためて思った。

運良く先代から店を継いだ藤兵衛は、しばらく店を守り立てるために熱心に仕事に励んでいただろう。骨董の道楽や女遊びをいつからはじめたかわからないが、根は真面目な商売人である。けじめをつけて女房に謝っても許してもらえないなら、潔《いさぎよ》く店を出て行くという覚悟もある。

「藤兵衛、おすみには仁兵衛という後ろ盾があるのだな」

「はい」

「ならば、わたしがそなたの後ろ盾になってやろう」

「へっ」

藤兵衛は顔をあげてまじまじと清兵衛を見た。

「それでおあいこだ。後ろ盾の仁兵衛が前に出てくるなら、そなたの後ろ盾であるわたしが話し相手になってやる。それが迷惑だというなら、わたしは黙ってこのまま帰るだけだ」

藤兵衛は忙《せわ》しく考えているようだった。視線を彷徨《さまよ》わせ、何度も清兵衛を見る。

「桜木の旦那、ほんとうにわたしの後ろ盾に……」

「武士に二言はない」

「そういっていただけると、心強うございます」

「ただし、昔の花村銀蔵として話をしよう」

十一

日が西の空に傾きはじめた頃、清兵衛は大橋西詰で仕事を終えた藤兵衛と落ち合い、おすみの家に向かった。

藤兵衛は何やら落ち着かない様子だ。若い頃はこうではなかったが、いまやすっかり昔の威勢は衰えている。

「仁兵衛がいなければ、話がしやすいのですが……」

ぽつりと言葉を漏らした藤兵衛を、清兵衛はちらりと見た。

「いなければ呼んで話をしよう。仁兵衛という男、あまり質《たち》がよくないようだ。おすみと二人で話をしても、あとでいちゃもんをつけてくるだろう」

清兵衛は昼間、藤兵衛と会ったあとで安針町に行って仁兵衛のことを調べていた。感心できない男だというのはよくわかった。やくざ者との付き合いはあるようだが、博徒一家には入っていない。つまり、町の与太者に過ぎない。

「たしかにそうかもしれません」

本所藤代町に入ったときには、もう日が落ちかけていた。

「おすみ、わたしだ。いるかい？」

藤兵衛が戸口で声をかけると、一拍の間があって足音がした。

それからゆっくり戸が開かれ、おすみが顔を見せた。清兵衛は初めて会うのだが、なかなかの器量よしだ。しかし、表情はかたい。

「こちらは花村銀蔵さんとおっしゃるわたしの知り合いだ」

「そう……」

おすみは浮かぬ顔で返事をし、清兵衛を短く見て居間のほうを振り返った。そこには仁兵衛が座っていた。膝前に二合徳利があり、仁兵衛は盃を手にしていた。

「手間が省けました。仁兵衛さん、先日はいろいろと話を伺わせていただきましたが、今日はあらためて話をしにまいりました」

「感心じゃねえか。ま、入りな。顔を見せねえから、場合によっちゃ、こっちから乗り込んじまおうかと考えていたとこだ。それにしても侍連れとは恐れ入るじゃねえか」

「あんたはおすみの後ろ盾でございましょう。それならわたしも後ろ盾を立てるべきだと考えましてね。それで、おあいこでございましょう」

「けっ。まあ、どうでもいいからあがりな。さっさと話をつけちまおうじゃねえか。おっと、お侍は花村とかおっしゃるようだが、物騒な刀はその辺に置いてくれねえか。何も殺し合いをやるってんじゃねえ、話し合いだからよ」

清兵衛は黙って従い、大小を上がり框に置いて居間にあがった。それにしてもふてぶてしい男だと仁兵衛をあらためて見る。やさ男だが、剣呑な顔つきだ。

「それで、いっておくがよ。おすみは手切れの金を二百両だといっている。おれはおすみの後ろ盾として、それで話をつけてぇ。それができねえってんなら、無駄なことだ。金は持ってきたのかい」

仁兵衛は胡座を組み替えて藤兵衛をにらむ。

「その前に聞きたいことがある」

清兵衛が口を開いた。

「おすみ、おまえさんにも話に加わってもらわなければならぬ。こっちへ来てくれ」

清兵衛に指図されたおすみはおずおずと居間にあがってきて、不安そうな顔を仁兵衛に向けた。

「まあ、これは藤兵衛とおすみの話だ。仁兵衛と申したな、そのほうとわたしが口を出すことではないのだが、仁兵衛がおすみの代人なら、藤兵衛の代人がわたしだ。代人同士の話でよいか？」

「かまわねえさ」

仁兵衛が答えれば、おすみは小さくうなずいた。

「おすみ、そなたは藤兵衛によくしてもらったのだな。この家を借りてもらい、好きな着物を買ってもらい、贅沢な料理屋で馳走にもなった。そなたがほしいといえば、藤兵衛はなんでも買ってくれた。そうだな？」

「ま、へえ」

曖昧だが、おすみは認めたようにうなずいた。

「藤兵衛はよく尽くしてくれたかい？」

「……はい」

「だが、そなたは藤兵衛を裏切っていた。二年ほど前からだ」

おすみは表情をかためた。

「ここにいる仁兵衛と懇《ねんご》ろになり、旦那である藤兵衛の隙を見て付き合っていた」

「おいおい、どこにそんな証拠があっていってるんだ。おれはこいつのただの後ろ盾だ」

仁兵衛が目くじらを立てた。

「わたしは藤兵衛の後ろ盾だから、いろいろ調べたのだ。仁兵衛、おぬしのこともだ」

「なに……」

「まあ、穏やかに話をしようではないか。この家に仁兵衛が二年ほど前から出入りしているのを、近所の者が何人も見ている。それも訪ねてすぐに帰るのではない。一刻も二刻（約四時間）もいるようだし、ときに泊まっていくこともあるそうだな」

「誰が、そんなことを……そんなこたァ関係ねえだろう。柏屋藤兵衛は金でおすみを囲っていいように玩び、いい思いをしたんだ。それで勝手に別れるといいだした。妾と手を切るときゃ金がいる。それが世の習いじゃねえか」

仁兵衛は目を吊りあげ、顔を赤くした。

「たしかにそれは世の習いであろう。妾は旦那に尽くし、旦那は妾の面倒をみる。それも世の習いであるな。しかるに、おすみは藤兵衛を裏切った。そうであろう。心にやましさを感じながらも、隙を見て仁兵衛と付き合っていた。それも二年もの間。おすみ、嘘偽りなく有り体に申せ」

「は……」

おすみは目を大きくみはった。

「藤兵衛を二年の間裏切った、そうであるな」

「それは……」

「やいやいやい、話はおれが相手だ。そういったじゃねえか」

仁兵衛が割り込んでくる。

「ならば訊ねる。おぬしはおすみといつからの付き合いだ？　百歩譲ってあくまでもおすみの後ろ盾だというなら、付き合いがいつからかぐらいはいえるだろう」

「そんなこたぁ……」

「なんだね」

仁兵衛は視線を下げていたが、すっと顔をあげた。

「手切れの話をしてんだ。おれとおすみのことなんざ関係ねえだろう」

清兵衛は短い間を置いた。ゆっくり家のなかに視線を這わせる。衣紋《えもん》掛けに羽織や小袖が掛けてある。安物ではない。窓際には鏡台があり、化粧道具がのっている。

このままでは埒《らち》があかないと思った清兵衛は、話柄《わへい》を変えることにした。

「ならば詰めの話をしよう。藤兵衛は囲ったおすみに尽くすだけ尽くした。かなりの金も遣った。手切れ金、二百両は払えぬ」

「なにを」

仁兵衛が牙《きば》を剝《む》くような顔をすれば、おすみは「えっ」と、声を漏らした。

「だが、これまでの付き合いもある。藤兵衛も冷たい男ではない。一度はおすみへの情愛を深くした男だ。手切れ金を一切払わぬというのではない。藤兵衛、そうだな」

「はい」

藤兵衛はこくりとうなずく。

「五十両だ。ここで耳を揃えて藤兵衛が払う。それで手打ちとしよう」

「なんだと！　人を馬鹿にしやがんのか！　そういうことならただじゃおかねえぜ。仲間を引き連れて柏屋に乗り込んで四の五のいって暴れてやるぜ。覚悟しやがれッ！」

仁兵衛は腕まくりをして凄んだ。

「ほう、仲間を引き連れて暴れるというか。やい、仁兵衛！」

清兵衛は片膝を立てるやいなや、仁兵衛の襟首をつかんで引き寄せ、昔使った口調で凄み返した。

「てめえがどれだけの仲間を連れてくるかわからねえが、やるならやってみろ。おれは浅草の花村銀蔵だ。名前を聞いたことはねえか」

清兵衛は仁兵衛から目を離さずにいい放つ。

「知らねえよ」

「だったら浅草の黒門一家に行って聞くことだ。花村銀蔵を知っているかとな」

黒門一家と聞いて、仁兵衛の目に驚きがあった。

清兵衛と黒門一家の才蔵《さいぞう》親分は、いまでこそ行き来はないが、古い付き合いだ。才蔵の一声で四、五十人の若い衆はすぐに集まる。

「あんた、まさか、黒門一家の……」

仁兵衛の目に怯えに似た狼狽《ろうばい》があった。

「親分の才蔵はおれのいうことなら大概のことは聞いてくれる。おめえが持っている蒲鉾屋を潰すことなんざわけもねえ。おれはそういう男だ」

「ほ、ほんとかい……」

仁兵衛の声はふるえていた。

「藤兵衛はここで手切れ金、五十両を耳を揃えて払う。それで手打ちだ。おすみ、おまえさんが陰で男を作ったツケでこういうことになった。言い条はあるだろうがあきらめろ。藤兵衛」

清兵衛が仁兵衛を突き放すと、藤兵衛は前以て用意していた五十両の金をおすみの膝前に置いた。

「おすみ、さようなことだ。世話になった」

藤兵衛はそういったが、おすみは膝前に置かれた五十両の紙包みを、放心したように眺めていた。

十二

それから三日後の昼下がりだった。

清兵衛はいつもの散歩に出かけたあとで、そろそろだろうと思い、甘味処「やなぎ」に立ち寄った。表の床几に腰をおろすと、すぐにおいとがやってきた。

「桜木様、しばらくぶりでございますね。なかなか見えないのでどうなさったのかと心配していたのですよ」

おいとは人を和《なご》ませるいつもの笑顔を向けてくる。

「そうか、わたしのことを心配してくれていたか。それはすまなんだ。暇な身でもいろいろとあるのだよ。それより茶をもらおう」

「はい、いますぐにお持ちいたします」

おいとが奥に消えると、清兵衛は目の前の稲荷橋や八丁堀の河岸道に目をやった。まだ藤兵衛の姿は見えない。

おいとが茶を運んでくると、短い世間話をした。埒もない話だが、おいとはときどきころころと笑う。

「誰かお待ちなのですか？　さっきから橋の向こうを気になさっていますが……」

話が一段落したあとで、おいとが首をかしげた。

「うむ、待っている男がいるのだ。そろそろ来ると思うのだが……」

清兵衛がそういったとき、藤兵衛が稲荷橋をわたってきた。

「お待たせいたしましたか」

藤兵衛はやってくるなり申しわけなさそうな顔をした。商家の主らしい身なりである。

「これおいと、茶を頼む」

「はい」

おいとはすぐに茶を運んできた。ゆっくりしていってくださいと言葉を添え、そのまま奥に消えた。

「それでいかがした？」

清兵衛は藤兵衛を見た。

「はい、もうただひたすら女房に謝りまして、何とか許してもらいました」

「そうかい、それはよかった」

「いろいろいわれましたが、わたしは平身低頭を貫き、これまでの罪滅ぼしをする、おまえのことを大事にし、倅の吉兵衛が一人前になるまで仕事に精を出すと誓いました」

「そうかい、罪滅ぼしをね。まあ大変だろうがまるく収まったのだな」

「はい、旦那のおかげです。あらためて礼を申しあげます」

　藤兵衛は座ったまま頭を下げる。

「いやいや気にすることはない。おぬしと再会してのことだ。昔のこととはいえ、知らぬ仲ではないからな」

「お会いできたのは幸いでした。旦那にはご迷惑だったでしょうが……」

「気にするでない」

「それにしても仁兵衛を怒鳴りつけた旦那を見たときは、昔を思い出し、胸がすく思いでした。もうわたしにはあの頃の元気はありませんが、さすがだと思いました」

「昔は昔だ。いや、とにかくまるく収まったのなら目出度《めでた》し目出度しだ」

「ありがとう存じます」

それから短い世間話をして床几から立ちあがった。

「旦那、これはつまらぬものですが、うちで扱っているおこしでございます。どうぞ奥様とご賞味ください」

藤兵衛は持参した風呂敷包みを清兵衛にわたした。

「これはかたじけない。きっと妻は喜ぶだろう。では藤兵衛、またふらりと遊びに行くやもしれぬが、そのときはよろしくな」

「いつでもいらしてください。旦那でしたらいつでも歓迎です」

その場で藤兵衛と別れた清兵衛は、自宅屋敷に足を向けた。秋の空はどこまでも高くよく晴れていた。

そして、藤兵衛が女房に許してもらったということを聞いて安心した清兵衛の心も晴れていた。

第三章　本屋の男

一

それは、夏も終わりの三月《みつき》前のことだった。

通四丁目にある本屋「丹波屋《たんばや》」の奉公人杉作《すぎさく》は、貸本を入れた笈箱《おいばこ》を担いで町内をまわっていたが、突然雨が降り出し、商家の軒下で雨宿りをしていた。

そこは本八丁堀三丁目で、米問屋の軒下だった。いきなり雨に祟《たた》られ、髪も着物も濡れてしまったが、大事な商売道具の笈箱も雨粒を張りつけていた。

手拭《てぬぐ》いで髪を拭《ふ》き、笈箱を丁寧に拭いた。さいわい雨に降られてすぐに逃げ込んだので、さほど濡れてはいなかった。

目の前を裸足《はだし》で駆ける者や、傘の代わりに鍋蓋《なべぶた》を頭にかざして早足で歩く者もいる。突然の雨なので傘を差している者は少なかった。

杉作が雨を降らす黒い空を眺めていると、一人の女が同じ庇《ひさし》の下に飛び込んできた。

「いやになってしまう。いきなりだもの」

女は手拭いで着物の袖や肩を払いながら愚痴《ぐち》った。小柄な二十歳過ぎの女だった。

「草履《ぞうり》も台なしですね」

杉作が声をかけると、女ははっとした顔を向けてきた。少し低い小鼻にぽっちゃりした唇、はっきりした二重という愛くるしい顔をしていた。

「あら、ほんとうだ」

女は足許を見て、ちょいと拗《す》ねた顔をした。

「もうすぐやみますよ。雲の流れが速いですから」

杉作がそういうと、女も空を見あげた。それがきっかけだったのか、女が貸本屋さんですかと聞いてきた。

「はい。通四丁目の丹波屋をご存じですか?」

女は首をひねった。

「本屋なんですが、貸本もやっているんです。わたしは駆け出しの奉公人で、町をまわるのをもっぱらにしてるんです」

「どんな本を貸しているんです？」

「いろいろです。草双紙や黄表紙、軍記物に中本《ちゅうほん》、まあ、読本《よみほん》が多いでしょうか」

「へえ。本は面白いですか？」

「まあ人によりけりでしょう。ですが、いちど借りてみて面白いからと買ってくださったり、つづけて借りてくださったりする人は少なくありません」

「すると本は面白いんですね」

「おそらく。あ、わたしは丹波屋の杉作といいます」

「わたしは定《さだ》です。住まいはすぐそばなんですよ」

「お定さんですか。そばとおっしゃると、どちらです？」

「隣の二丁目です」

「だったら造作ないですね」

杉作は二丁目のほうを向いていった。

「今度何か貸してもらえますか？」

杉作はお定を振り返って、どんなものがいいかと聞いた。

「何でもいいけど、仮名《かな》草子なら読めると思うので……」

「それじゃいくつか見繕っておきましょう。そのなかから好きなのを選べばよいでしょう。どちらへお届けすればよいでしょう？」

お定は本八丁堀にある自分の長屋の名前を教えてくれた。

雨はしばらくしてやみ、杉作はお定の長屋の木戸口で明日にでも持ってくるといった。

「あ、明日は休みじゃないので、二日後の夕方のほうが都合がよいです」

「では、そうします」

そのとき杉作は、新しい客が取れたぐらいにしか考えていなかった。

そして、二日後の日の暮れ方に店を出た。手には三冊の本を包んだ風呂敷を持っていたが、あいにくの小雨日和で傘も差していた。

「あら、ほんとうに来てくださったのね。お入りになって……」

杉作が訪ねると、お定は嬉しそうな顔で家のなかに入れてくれた。亭主持ちだと思っていたが、家のなかの様子を見て独り身だというのがわかった。

「何でもいいとおっしゃったので、とりあえず三冊ほどお持ちしました」

杉作は上がり框に座って風呂敷を解《ほど》いた。井原西鶴《いはらさいかく》の『好色一代男』、浅井了意《あさいりょうい》の『江戸名所記』、そして『智恵鑑《ちえかがみ》』という説話集だった。

お定は一冊一冊手に取って、興味津々《しんしん》の顔で丁《ちょう》をめくっていった。その間にぱらぱらと表から雨音がしてきた。本降りになったようだ。

「これを貸してください」

お定が選んだのは『好色一代男』だった。なんだか面白そうだからだという。

「それで見料はおいくら……」

お定は愛くるしい顔を向けてくる。

「十六文ですが、先に六文の損料《そんりょう》をいただきます。残りはあとで結構です」

「待って。先に払っておきますから」

お定はすっと立ちあがると、部屋の奥へ行って財布を持ってきて十六文を払った。

そのとき家のなかがピカピカッと稲光で明るくなったと思ったら、耳をつんざくような雷鳴が轟《とどろ》いた。

「ひッ」

お定は心底驚いた顔で首をすくめた。

「近くに落ちたみたいですね。くわばらくわばら」

杉作が落ち着いた顔でいうと、また大きな雷が轟いた。

「杉作さん、もう少しいてくださらない。わたし、雷が苦手なんです」

お定はほんとうに雷が苦手らしく、おぞましいものを見たような顔をした。杉作はあとは家に帰るだけなので、

「それじゃ雷が落ち着くまで……」

といって、腰を据えることにした。

雷が遠ざかったときには、明るかった腰高障子が暗くなっていた。お定は行灯に火を入れ、茶でも飲んで行ってくれといったあとで、

「お酒のほうがいいでしょうか？」

と、思い出したように聞いてきた。

「酒は嫌いなほうじゃありません」

「それじゃ支度しますから、あ、あがってください」

雨はまだ降りつづいているし、急いで帰る用もない。杉作は言葉に甘えて、居間にあがり、足を崩して座った。近くに文机があり、半紙が重ねられ、筆と硯《すずり》があった。

「手習いをやっていらっしゃるんで……」

杉作は酒の支度をして戻ってきたお定に訊ねた。

「手習いではなく、書道です。わたし、いずれ書家になりたいのです。さあ」

酌をしてもらいながら杉作は意外に思った。

愛くるしい女だが、どこか拗ねたような顔をしているので、書家を目指しているということに小さな驚きを感じた。

差しつ差されつしながら互いのことを話した。

お定は新川の長崎町二丁目にある「鍵屋《かぎや》」という仕出し料理屋の仲居をしているのだった。亭主と死に別れたので、細々と暮らしているけれど、いずれは書家として身を立てたいという。

杉作も生まれや親のことを聞かれたが、生まれは下総《しもうさ》で親は百姓だと話しておいた。よく知らない女にほんとうのことはいえなかった。

それでも酒が進むうちに、なんとはなしにお定の目や所作が気になってきた。

酔いのせいか、妙に色っぽく見えるのだ。

それに雨の音と行灯だけの薄暗い家のなか。若い男と女二人きりである。手が何度か触れ合ううちに、お定と目と目が合うようになった。自然に手をつかむと、お定がしなだれかかってきた。

懐かしい女の匂いが、杉作のなかに眠っていた男の欲求を目覚めさせた。やさしく口を吸うと、お定は杉作の背に両手をまわして応える。

抱き合ったまま横になると、もうあとは男と女の流れであった。雨音がお定の口から漏れる愉悦の声をかき消した。

二

杉作と知り合って三月がたっていた。

その夜、お定は悶々と過ごしていた。夜具に横たわっても、さっきから寝返りばかりを打っていた。

心を落ち着けようと、表から聞こえてくる虫の声に耳を澄ます。

鳴いているのは蟋蟀《こおろぎ》かしら、それとも松虫、それとも鈴虫かしらと思うが、聴き分けることはできない。いずれにしろ、

（秋虫じゃないさ）

と、胸のうちで吐き捨てる。

同時に、ある女の姿が脳裏に浮かびあがる。

やっとあの女のことがわかった。おそめという名だった。お針師匠をしている。ときどき、お武家から針妙《しんみよう》仕事も受けている。

「ふん、なにさ」

お定は暗い闇に向かって吐き捨てた。

年増じゃないか。あんな年増に杉作さんがほだされるなんて許せない。杉作さんも杉作さんだ。あの年増といい仲になっているくせに、素知らぬ顔でやってきては、わたしを抱いていく。

冷たく突き放してもいいのに、それができない。なぜできないかはお定にはわかっている。

杉作の指が、肌が恋しくてたまらないのだ。

雨宿りで出会い、そして杉作の店の本を借りたことがきっかけだった。そんな仲になるとは思いもしなかったが、成り行きだった。男と女の成り行き。よくあることだとわかっているが、杉作はこれまでの男とはちがう。

やさしいし、よく思いやってくれる。それに肌が合う。お定は自分の乳房に手をやった。杉作は指で乳首のまわりを愛撫してくれる。太股《ふともも》にあの人の手がすべる。喉元から耳たぶまで舌を這わせてもくれる。そのときのかすかな息遣い。

そんなことを思ううちに、恥部が潤んでくる。いますぐ杉作さんがほしい。来てくれないかしらと思う。あの人の家がわかっていれば、こっちから押しかけたいほど狂おしくなる。

「あーっ」

勝手な想像をはたらかせるお定は、身悶えるように寝返りを打った。

胸は杉作に恋い焦がれる思いで熱くなっている。恥部にも熱い火照《ほて》りがある。

お定は我知らず、はだけた自分の太股に指を這わせる。

杉作の顔を思い浮かべようとする。と、その顔があのおそめの顔にすり替わった。

お定は閉じていた目をカッと見開き、暗い天井を凝視した。

(なにさ、あの女。澄ました顔で……)

おそめの顔が、姿がまざまざと脳裏に浮かぶ。上品そうな澄まし顔。ほっそりした体に、お針師匠らしいやわらかい物腰。唇の端に浮かぶ小さな笑み。

「けっ、年増じゃねえか。あー」

お定は夜具を蹴るように払った。思わず地の声が出てしまったが、気にはしない。莫連女《ばくれんおんな》と陰口をたたかれたこともあった。たしかにあばずれだったかもしれない、すれっからしだったかもしれない。

でも、お定はあることがあってから自分を変えようと戦っていた。そんな矢先にあらわれたのが杉作だった。

いまや杉作なしでは生きていけないと思うようになっているのに、杉作は自分のことをあまり語らないし、住まいも教えてくれない。

女房がいるのではないかと勘繰ったが、杉作は独り者だといった。そのときの顔にも言葉にも嘘は感じられなかった。

「悔しい、悔しい」

寝間着の袖をくわえ、思わず引きちぎりそうになって顎の力を抜いた。そのまましっと動かずにいた。

「許せない。あの女、痛い目にあわしてやる」

お定は何かに取り憑《つ》かれたような目で闇を凝視した。

安江が家を出たのは昼下がりだった。夕餉の支度をするための買い物なのだが、陽気のよさにつられ少し遠出をした。それでも自宅の本湊町から日本橋の通りまで行っただけだから、さほどの距離ではない。

華やかな通りを歩くと、いろいろな店に目がいくが、着物屋も鼈甲《べっこう》簪屋も素通りである。はたと足を止めるのは、惣菜屋や青物屋の前だ。

秋野菜や果物がある。ここは少し高い、この店の品は新鮮さが足りないなどとすっかり主婦の目で品定めするが、買ったところで二人暮らしである。多くはいらない。

結局、ぶらぶら歩いただけで、買い物は近場ですまそうと考え、南八丁堀に戻ってきた。八丁堀沿いの河岸道を歩く。気さくな主のいる八百屋がある。

(あそこでいいわ)

内心でつぶやき、八丁堀を下っていく猪牙舟《ちょきぶね》を眺めたとき、一方の路地から悲鳴じみた女の声がし、裾前を乱しながら通りに飛び出してきた女がいた。裸足である。

安江が立ち止まると、同じ路地の奥から血相を変えた若い女が出てきた。手に包丁を持っている。

「やめてください。いったいどうしてこんなことを……」

先に出てきた女は後じさりながら、地面に足を取られ尻餅をついた。四十前後

とおぼしき品のある女だった。そこへ若い女が包丁を振りあげて、

「自分の胸に手をあてて聞きゃあわかることじゃないか。とんだ泥棒猫め」

と、罵《ののし》るなり、さっと包丁を振り下ろした。

大年増の女が「きゃあー！」と、悲鳴を発する。安江は思わず両手で顔を覆った。

だが、若い女は脅しだけだったのか、包丁を振っただけで肩で荒い息をして、

「手を出すんじゃないよ。今度手を出したら、あたしゃ本気であんたをぶっ刺すからね」

と、ぎらつく目で大年増の女をにらみつけた。

「わかったかい」

「は、はい」

尻餅をつき顔色をなくしている女がふるえ声を漏らすと、若い女はまわりに集まりはじめた野次馬をひとにらみして歩き去った。

安江は歩き去る女を見ると、すぐに尻餅をついている女のそばに行った。

「大丈夫ですか？」

「ええ」

大年増の女はそういってゆっくり立ちあがり、尻の辺りを払い、大きく息をして胸を撫で下ろした。

「何があったのか知りませんけれど、お怪我《けが》はありませんか？」

安江が聞くと、大年増の女は、

「大丈夫ですから、どうぞおかまいなく」

と頭を下げ、飛び出してきた路地に戻っていった。

「さっきの若い女、おれは知っているぜ」

野次馬のなかの一人がいった。行商人風情《ふぜい》だ。隣に立っている男が、どこの誰だいと聞くと、

「ほら、この川向こうにある金助《きんすけ》店の女だよ。長崎町の『鍵屋』の仲居さ。可愛い顔してるが気性が荒いねえ」

と、行商人風情があきれたように答えた。

それを潮に野次馬たちは散っていった。

「あの、いまそこに戻られた方をご存じですか？」

安江は近くにいた男に聞いた。

「ああ、あの人はその先の長屋に住んでるお針のお師匠さんだよ。おそめさんと

いうんだけど、礼儀正しく品のある人だ。それにしても何だったんだろうね」

　男は首をかしげながら近くにある瀬戸物屋に入った。その店の主だったようだ。

　あっという間に閑散となった通りに立つ安江は、おそめというお針師匠の長屋のほうを見て、そちらに足を進めた。

　路地に入って五間ほど行ったところにおそめの長屋があった。木戸口を入ったすぐの家の前で立ち止まる。おそめが柄杓《ひしゃく》で水を飲んだところだった。

三

「あの」

　安江が声をかけると、おそめが振り返り、乱れた髪を手櫛《てぐし》でかいて、きょとんとした。

「差し出がましいことをお伺いしますが、さっきの若い方、ずいぶんご立腹のご様子でしたが、大丈夫ですか？　包丁を振りまわして、今度はぶっ刺すなんて怖いことを口にしましたが……あ、わたしは本湊町に住む桜木安江と申します」

「先ほどはご心配いただき申しわけございません。わたしにもよくわからないのですけれど、突然乗り込んでこられ杉作さんのことで……」

おそめはそこで言葉を切って、どうぞお入りくださいと勧めた。

安江は敷居をまたいだすぐのところにある上がり框に腰をおろした。

「杉作さんとおっしゃるのは……？」

安江は居間の上がり口に座ったおそめを眺めた。さっきは恐怖のあまり真っ青な顔をしていたが、いまは頰に朱が差していた。色白で細面、すんなりした体つきで品がある。

「杉作という方は通町にある丹波屋という本屋さんの奉公人で、わたしはときどき本を貸してもらっています。それでうちに見えるんですけど、ただそれだけのことなのです」

安江は家のなかを見た。

長屋だが二間つづきの家で、借家にしてはいいほうだ。調度も揃っているし、奥の間には衣紋掛けに小袖や針妙仕事で請けたらしい打掛《うちかけ》などが掛けてある。お針師匠と聞いたように、裁縫道具が壁際に揃えられていた。

「突然怒鳴り込まれたときは、何が何だかわけがわからなかったのですが、一方的にまくし立てられ、杉作さんを連れ込んでいるとか、いい仲になっているとか、そんなことをいわれまして、ついには台所の包丁を……」

おそめはそこで「あっ」と、目をみはった。

「あの人、うちの包丁を持って行ったままだわ」

「すると、思いちがいをされたということですか？」

「そうだと思います。杉作さんは本を貸しに見え、そして取りに見えるだけですから。そのときは茶飲み話をしたり、新しい本の話をしたりしますが、ただそれだけのことなのです」

「さっきの若い女の人に会われたのは初めてなのですか？」

「初めてです。それなのに、まったく肝を冷やしました」

おそめは胸に手をあて、小さく嘆息した。

「気をつけなければなりませんね。普段はお針のお師匠さんをなさっているのですね」

安江は家のなかをあらためて見た。

「はい。でも、それだけではやっていけませんので、ときどき針妙仕事も請けています」

おそめはそういって、自分の夫は元書院番の同心だったが、三年前に病没した

ので、独り身になって生きているると話した。子供はいないのかと聞くと、

「一人娘がいます。亡くなった夫のつてで、加納新十郎《かのうしんじゅうろう》とおっしゃる書院番組頭のお屋敷に奉公しています」

と、話した。

それで、安江も自分の身の上を話した。夫の清兵衛が元町奉行所の与力だと知ると、意外だという顔で驚いた。

「いまは隠居の身ですが、もし刃傷《にんじょう》になるようなことがあれば相談には乗れると思いますので、どうぞご遠慮なさらないでください」

「頼もしい方にお目にかかり、心強くなりました。刃傷なんて怖いことですが、もしものときにはお願いいたします」

「世の中には思いもよらぬことをする人がいますからね。しばらくは気をつけられたほうがよいと思います」

「そういたします」

おそめはそういって静かに頭を下げた。

「あの、包丁、わたしが取りに行ってきましょうか。おそめさんが行けば、また騒動になるかもしれませんので……」

「でも、そんなこと」

「わたしは杉作さんのことは知りませんし、それに用心して話しますから。包丁がなければ困るのではございませんか？」

「でも、あの人の住まいは……」

「すぐにわかると思います。さっき知っている人がいたのですよ」

「そんな……ご迷惑ではありませんか？」

安江は安心させるように微笑んで、まかせてくれといっておそめの家を出た。

「ほう、それは大変な人助けであったな。それで包丁は返してもらったのかね」

日が落ちかけた頃に帰宅した安江から話を聞いた清兵衛は、冷や酒の入ったぐい呑みを膝許に置いた。

「返してもらいました。ちょっとひやひやして訪ねたのですが、おそめさんに包丁を振りかざしたときとは大ちがいで、わりとおとなしく話もしました」

「それで……」

「やはり、おそめさんと杉作という本屋の方の仲を疑っているようです。わたしはそうではないと話をしたのですが、納得顔はしませんでした」

「勝手な嫉妬かもしれぬが、女の嫉妬は怖いからな。面倒なことにならなければよいが……」

清兵衛は町奉行所時代に、女同士の諍《いさか》いを何度も仲裁した経験がある。

諍いの因《もと》は嫉妬や金の貸し借り、夫や親、あるいは子供へケチをつけられたなどとさまざまであったが、つかみ合いや嫌がらせなどですめばよいが、殺しや刃傷などに発展することもあった。

「わたしは杉作さんがお定さんに、きちんと話せばすむことだと思うのです」

「そうであろう。諍いの因はその本屋のようだからな」

「わたし、今日のことを明日にでも丹波屋さんを訪ねて話してみようと思うのですが、余計なことでしょうか？」

安江は清兵衛を窺うように見た。

「うむ、そうだな」

清兵衛は代わりに自分が話をしに行こうかと思ったが、ここは安江にまかせてもよい気がした。話し合いだけなら問題はないだろうと考えたのだ。

「まあ穏便に話すことだな」

四

杉作は突然訪ねてきた桜木という武家の奥方に面食らったが、話は単純なことだった。それにしてもお定が大きな思いちがいをし、包丁を振りまわして騒いだと聞き、すぐには信じがたかった。それでも、桜木安江の言葉には嘘はなさそうだったので、

「ではよくよく話をし、二度と同じ過ちが起きないように諭《さと》します」

と、答えた。

桜木安江が帰っていくと、杉作はこれからひと廻りしてきますといって笈箱を背負って店を出た。

贔屓の客の家をまわり、貸した本を引き取り、また新たな本を貸すだけの仕事も板につき、店主の信頼も大きくなっていた。

それに重い本を担いで歩くのは、足腰の鍛錬になる。杉作はいい仕事を見つけたと思っていたが、いつまでもつづけているわけにはいかない。やっといろいろとわかったことがあるのだ。

（こうなったら近いうちに……）

きゅっと口を引き結び、遠くを見て目を厳しくした。

だが、その前にお定に会って話をしなければならない。なにせ、おそめの家に殴り込みをかけたようなものだ。まさかお定がそんなことをするとは思わなかったし、その相手がおそめだと聞いてなおさら驚いた。

（ここはしっかり話しておかなければならない）

仕事はあるが、まずはお定に会おうと思い、本八丁堀の金助店に足を向けた。お定は今日は大事な用があるので、仕事を休むといっていた。

杉作は高く晴れた空を舞う鳶を眺め、まだ昼前なのでお定は家にいるはずだと思った。

楓川の南外れに架かる弾正橋をわたり本八丁堀の河岸道に入ったとき、遠くに歩き去るお定の姿を見た。いつになく洒落た着物姿だった。

（どこへ行くんだ……）

胸のうちでつぶやき、二日前に神妙な顔で、今日は人にいえない大事な用があるといったことを思いだした。

人にいえない大事な用――いったい何だろうと、好奇心がわいた。お定は大事な用をすましに行くのだろうが、急にそのことを知りたくなり、杉作はあとを尾《つ》けた。

足を速めてお定に気づかれない距離を保って歩く。霊岸島《れいがんじま》にわたったお定は、新川沿いの河岸道を進み、豊海橋《とよみばし》をわたり、さらに足を進め永代橋《えいたいばし》へ向かった。

しかし、永代橋をわたることはなく、橋の西詰に近い場所で立ち止まり、欄干に両手をついて下を流れる大川をのぞき込むように立った。

（まさか、飛び下りるのでは……）

杉作の胸に一瞬不吉な思いが走ったが、お定はときどき空を見あげたり、川を見たり、そして御船手番所《おふなてばんしょ》のほうに目を注いだりした。

（何をやっているんだ……）

杉作は首をかしげたが、しばらくして、もしやと気づくことがあった。

御船手番所には桟橋があり、そこに船が繋がれていた。その船の艫《とも》には白木綿の幟《のぼり》が立てられ風に揺れている。幟には「るにんせん」と書かれていた。

仮名文字は重罪人が乗る船だ。軽罪の者のときは漢字である。それに船には檻《おり》のような柵囲いがある。

杉作はお定の身内が島流しされるのだと思った。いったいどんな罪を犯したのだろうかと考えるが、それは聞かなければわからない。

小半刻（約三十分）ほどたったとき、腰縄をうたれ両手を縛られた罪人たちが、役人といっしょに番所から出てきた。お定がその様子を見ている。顔が強ばっていた。

やがて罪人たちは役人に邪険に指図されて船に乗り込んだ。お定の足が一歩二歩と、よろめくように船のほうに近づいた。

杉作は気づかれないように番所の陰に隠れて様子を窺った。

見送りの者が数人いたが、役人の合図で船頭が船を出した。ゆっくりと船が進み、大川の流れに乗ろうとしたとき、お定が欄干にしがみつくようにして声を張った。

「辰次《たつじ》さん！　辰さん！　辰さーん！　辰次さーん！」

それは悲痛な声だった。

お定は必死に声を張りながら泣いていた。見送りの者たちも同じように声を張り、今生《こんじょう》の別れとばかりに手を振っていた。

（辰次……）

杉作は胸のうちでつぶやき、お定の亭主なのかもしれないと思った。いまは、お定に声はかけられない。杉作はそっとその場を離れ、仕事に戻ることにした。

清兵衛はいつものように散歩に出ていた。その朝は気持ちのよい天気で、家でじっとしているのがもったいないと思ったのだ。

帰りに味噌を買ってきてくれと安江にいわれたので、忘れてはいけないと思い、胸のうちで何度も「味噌、味噌、味噌、味噌」と呪文のように唱える。

ふらりと湊稲荷の境内に入り、賽銭を放って手を合わせる。安江、倅の真之介《しんのすけ》、そして自分の息災を願い、

「真之介が早く一人前の与力になりますように」

と、願い足す。

真之介は北町奉行所の当番方与力だ。本役ではなく助役（本勤並《ほんづとめなみ》）で、これからの男だが、親の清兵衛から見ると、足りないところがたくさんある。そのことに早く気づいてほしいと思っている清兵衛だが、よほどのことがないかぎり口を出すことはない。

境内には山茶花《さざんか》の花が咲き、金木犀が甘い芳香を漂わせていた。そんな花を愛《め》でると、何か風流なことを一句と考えるが、どうにも頭がまわらない。

境内を出ると、南八丁堀の河岸道を歩いた。歩きながら今日はどこまで行こうかと、暇を持て余しているうちに、安江から聞いたお針師匠のおそめの家をのぞいてみようかと悪戯《いたずら》心が起きた。

死んだ夫は書院番の同心だったという。役高三十俵二人扶持の下士だ。その夫を亡くして暮らしはきつくなっているだろうが、お針師匠で生計《たつき》を立てている。安江から聞いたおそめの印象は悪くない。気品があり慎ましく、楚々《そそ》とした婦人。そんな話を聞けば、遠くからでも見てみたいと思うのが男心だ。

（おれも年甲斐もなく……）

と、清兵衛は苦笑する。

脇路地に入りすぐのところに、おそめの家があった。戸を開け放してあり、四、五人の若い娘が裁縫をしていた。裁縫は婦道の一つにあげられ、嫁入りのためにも女子の必修の業とされている。

「何かご用でしょうか？」

突然背後から声をかけられた清兵衛は、驚いて振り返った。質素な着物姿ながらその立ち姿に品があり、細面にはしとやかさが感じられる。

「あ、いえ。ちょっと気になって拝見していただけでござる」

「わたしはこの家の者で、池村《いけむら》そめと申します」

先に名乗られたので、清兵衛は釣られたように、

「わたしは近所に住む桜木清兵衛と申します」

と、応じた。

とたんにおそめの目が驚いたように見開かれた。

「すると安江様の旦那様でございますか？　先日は奥様にはご迷惑をおかけいたしました」

おそめは丁重に頭を下げる。

「あ、いや。話は聞いておりますが、まさかあなたがおそめ殿だったとは、いや、とんだ失礼をいたしました」

「あの、よろしければお茶でも飲んでいかれませんか。いま買いに行ってきたばかりなのです」

おそめは片手に持っている茶筒を少し持ちあげた。

「お針の稽古中にご迷惑ではありませんか」

「いっこうにかまいません。どうぞお入りになってください」

清兵衛は誘われるまま、家のなかに入り、遠慮して上がり框に腰をおろした。

稽古中の娘たちがちらりと見てきたが、すぐに針仕事に戻った。

湯が沸く間に、おそめは娘たちに針の運び方や、ここはこう縫ったほうがいいとやさしく助言をし、台所に戻ると茶を淹れて清兵衛に差し出した。

「これはかたじけない」

「奥様からお聞きになっていらっしゃると思いますが、あの節はほんとうにお世話になりました」

おそめは再び礼をいって頭を下げる。

「どうやら思いちがいをされていたようですな」

「そうだと思うのですけれど、お定さんとおっしゃる方は、それだけ情の深い方なんでしょう。思いちがいに気づかれたなら、きっと恥じ入ってらっしゃると思います」

危ない目に遭ったのに、おそめは相手のことを思いやった。

「その後は何もないのですな」

「はい。きっとお定さんは、自分の過ちに気づかれたのでしょう」

「そうであることを祈ります。おそめ殿には迷惑なことですからな」

それから短い世間話をしたが、長居は娘たちの稽古の邪魔だと思い、清兵衛は茶の礼をいっておそめの家を辞した。

表通りに戻った清兵衛は、もう一度おそめの長屋を振り返り、できた女だと、感心しながらうなずいた。

五

きれいな夕焼けの空は、いつまでも長くつづかない。それが秋の特徴だ。

仕事を終えた杉作は、あっという間に日が落ち、薄靄《うすもや》の漂う町の様子を眺めて、

（おれもいつまでも道草を食っているわけにはいかない）

と、内心にいい聞かせてお定の家に向かった。話さなければならないことがあるが、それは一つだけではないかもしれないと下腹に力を入れた。

お定の家の戸障子には明かりがあった。声をかけると、すぐにはずんだ声が返ってきた。昼間は胸が張り裂けるような哀しい顔をしていたが、気を取り戻したのだろう。

戸を開けて三和土に入ると、お定はいつもの笑顔を向けてきた。ささ早くあがってくれと勧める。

「杉作さん、お茶がいい、お酒がいい？」

これもいつもと変わらない。杉作は少し考えて、酒をもらおうかと答えた。

「では、すぐに。冷やでいいのね。それともつける？」

「冷やでかまわない」

お定はぐい呑みに酒を注いで運んできた。気を利かせ小皿に貝の佃煮《つくだに》を添えていた。

「話を聞いたよ」

杉作は一口酒を飲んでから切り出した。

お定はくるっと目を見開き、首をかしげる。

「なにを？」

「お針師匠のおそめさんの家に乗り込んだだろう」

お定は表情をかためた。

「迷惑をかけたな。おれとおそめさんは何の関係もない。おそめさんは大事な客に過ぎない。本を貸しに行き、そして貸していた本を返してもらうだけだ。ときどき長話をすることがあるが、それは本のことだ。また、娘さんたちの稽古の邪魔になってはいけないと思い、待つこともある。長居をしたくてしているのではない。そういうことがあるからだ」

「そうだったの……」

「おまえが勝手に考えるのはかまわないが、いきなり乗り込んで刃傷沙汰を起こしそうになったと聞いて驚きあきれた。一度おそめさんに謝りに行くべきだ」

「はい」

「はっきりという。おれとおそめさんは何の関係もない。それは真実だ」

杉作はまっすぐお定を見、断言するようにいった。

「わたしの早とちりだったのね」

「勝手な思い込みをして人に迷惑をかけてはいかん。わかったな」

「ごめんなさい。杉作さん、いやな思いをしたのね」

「いやな思いをしたのはおそめさんだろう」

杉作は酒に口をつけた。

「……そうね。すみませんでした」

お定は殊勝《しゅしょう》な顔をして頭を下げた。

「それから……今日見てしまった」

「……何を？」

お定は顔をあげて視線を向けてきた。

「辰次というのはおまえの亭主だったのか？」

とたん、お定ははっと驚き顔をした。

「流人船に乗っていた」

お定はしばらく黙り込んでうつむき、唇を強く引き結んだあとで顔をあげ、少し躊躇ってから、思い切ったように口を開いた。

「わたしが惚れていた男だった。でも、掏摸《すり》だった。そんな人ではないと思っていたけど、掏摸の頭《かしら》をやっていた。捕まったのは仲間の掏摸が人を殺したから」

「…………」

短い間があった。

行灯の芯がじじっと鳴り、黒い煤《すす》が短く立ち昇った。

「仲間が人を殺したとき、辰次さんは殺された相手を呼び出していた。まさか仲間がその人を殺すなんて思っていなかったから。でも、そのことで殺しの手引きをしたことになり、牢に入れられた」

「…………」

「今日が島送りになる日だというのは、小伝馬町の牢に差し入れを持っていったときに知ったの。それで最後の別れをしに行った。ほんとうは、流人船は永代橋の御船手番所から鉄砲洲の港に移り、三日ほど留まった後に品川沖で一泊するはずだけど、海に追い風が吹いているときにはそのまま浦賀まで行くことになっているらしいの。それからどこの島に流されるかわからないけど、今日が今生の別れだった」

「……そういうことだったか」

杉作は短く嘆息して、酒に口をつけた。

「でも、杉作さん」

お定が膝をすって近づいてきた。

「わたしはもうあの人のことを吹っ切って忘れたのよ。いまは杉作さんだけがわたしのいい人」

お定は杉作の胸にもたれかかってつづける。

「わたし、杉作さんに惚れてしまったのよ。もうあんただけが頼り。貧乏でもいいからいっしょに添い遂げてほしい。わたしはそのつもりでいるのだから。ねえ、杉作さん」

お定は顔をもたげた。潤んだような瞳で見てくる。ぽっちゃりした唇が濡れたように光っていた。

杉作はお定の思いに応えることはできない。一度深く息を吸い、そして吐いた。

「お定、おれには人にいえないことがある。だが、おまえは自分のことを話してくれた。だからいうが、決して他言されては困る。約束できるか？」

「何だかわからないけど、約束するわ」

杉作はなぜ江戸に来たのか、なぜこの歳になって本屋に奉公したのかと、自分の胸に秘していたことをゆっくり話しはじめた。

六

「お詫びに見えたらしいですわ。きっと杉作という本屋さんが諭されたのでしょう」

二日後のことだった。清兵衛がいつもの散歩から帰宅すると、おそめにお定がとんでもない誤解をしていたと謝りに来たことを、安江が話した。

「それでどうなったのだね」

「そりゃあおそめさんは大人ですから、しっかり受け止め、詫びを入れるお定さんのことをよくわかってくださり、仲直りされたらしいですわ」

「それは何よりであった」

「それにしてもおそめさんはものわかりのよい人です。わたしだったらどうかしら。相手は包丁を振りまわすような女ですからね。許さないかも……」

「相手が素直に謝ってくれれば、無下《むげ》にはできぬだろう」

「そういうものでしょうか……」

「おそめ殿は武士の妻であったのだ。相手が矛《ほこ》を収めれば、おのれも収めるのが武士の嗜《たしな》み。そのことを弁《わきま》えておられるのだろう。根に持って啀《いが》み合うより、手を取り合って助け合うというのは美しい生き方だ。……なんだね？」

安江がまばたきもせずに見つめてくるので、清兵衛は訝《いぶか》しそうな顔をして問うた。

「あなた様はときどき、感心することをおっしゃいます」

「ほう、そうかね」

「たまにですけど……」

安江はひょいと首をすくめて台所のほうへ行った。

座敷に残った清兵衛は、

「何か気の利いたことでもいったかな」

　と、つぶやいて首をかしげた。

　そのとき、台所に立っていた安江が、「あっ」と声を漏らして、居間にいる清兵衛を振り返った。

「いかがした？」

「お味噌です」

「味噌ならこの前買ってきたではないか」

「あれは仙台味噌で、辛口なのです。わたしには合いません。いつも江戸前の味噌を使っているのです。買ってきてくださいませんか」

「なんだ、店の者がこれは大豆と米でできていて、出汁《だし》を取らなくともすむといって勧めてくれたのだ」

「いつも使っているのは米麹《こめこうじ》を多く使って作られた味噌です。味が変わったと気づきませんでしたか？」

　清兵衛はそういわれると、そうかもしれないと思った。

「あの味噌ではだめであるか？」

「他に使い道があるので取っておきますけど、やっぱりいつものがよいですわ」

清兵衛はやれやれと、心中でつぶやきながら腰をあげた。

「ならばひとっ走り行ってこよう」

「走って転んだりされたら困ります」

「言葉の綾であるよ。懸念に及ばず。ゆっくり歩いて買ってこよう」

味噌屋は八丁堀に架かる中ノ橋の近く、南八丁堀三丁目にある。安江が気に入っている味噌屋で、ときどきおまけだと多く盛ってくれる。

穏やかな八丁堀の水面《みなも》が、暮れゆく空を映し取っていた。一艘《そう》の猪牙舟がやってきてその水面をかき乱して大川に下っていった。

味噌屋の前に入ろうとしたときだった。おそめが自分の長屋の路地に入っていくのが見えた。すらりとした容姿なので、すぐにわかった。

（おそめ殿にも味噌を買ってやろうか）

それも悪くないと思った清兵衛は、江戸前の味噌を店の主に二つ注文した。

味噌は使えなくなった傘の貼り紙で包んでくれる。もちろん紙はきれいに洗ってあるので心配はない。

江戸味噌は長期保存が利かないので、買い求めるのは二合程度である。田舎味噌は塩分が多いので長期保存できるが、塩辛いので安江の口に合わないらしい。

味噌屋を出ると、もう表は暗くなっていた。秋の日暮れは早いというが、まったくそのとおりである。

おそめの長屋に入り、家の前まで来ると、女同士の話し声が聞こえてきた。

「それで杉作さんがどうなさったとおっしゃるのです？」

「来ていないならいいです。でも、あの人は……」

そこで短い間があり、

「どうかなさったの？」

と、心配そうなおそめの声がした。

清兵衛は思いきって足を進め、戸口に立って「ごめん」と声をかけた。

おそめと若い女が同時に振り返った。

「あら、桜木様」

おそめが声をかけてきたが、若い女は気の強そうな目で清兵衛を見た。

「何かあったのですか？　その前にこれをどうぞ。うちの家内が気に入っている味噌なのです」

清兵衛は敷居をまたいでおそめに味噌をわたした。おそめが、わざわざすみませんと礼をいうと、

「来ていないのならいいです。お邪魔しました」

若い女はそういって出て行こうとした。

「あ、お定さん」

おそめが慌てて呼び止めた。

清兵衛はこれが包丁を振りまわしたお定かと、あらためて見た。

「何か杉作さんのことで心配があるのでしょう。お役に立てるなら、お手伝いしますよ」

おそめがいうと、お定は少し躊躇った。

「どうしました？」

清兵衛は気になって問うた。

「この方、対岸の本八丁堀に住んでいるお定さんとおっしゃるんですけれど、本屋の杉作さんという方の身に何か起きたのではないかと、心配なさっているんです。あ、お定さん、このお武家様は近所にお住まいの桜木清兵衛様とおっしゃり、元は御番所の与力だったのですよ」

おそめがそういうと、お定が清兵衛をまっすぐ見てきた。はっきりした二重の目を大きくみはり、何かいおうとして躊躇い、視線を外した。

清兵衛は何かのっぴきならない事情があるのだと察し、

「身に何か起きたというのは、不吉なことであろうか？」

と、お定とおそめを交互に見た。

「本屋の杉作というのは、通町の丹波屋の奉公人であろう」

清兵衛が言葉を足すと、お定が再び目を向けてきた。今度はすがるような視線だった。

「わたしにできることなら遠慮のう申すがよい」

清兵衛が言葉を重ねると、お定はぽっちゃりした唇を小さくふるわせたあとで、

「ひょっとすると、杉作さんは人を斬りに行ったかもしれないんです」

「なに」

清兵衛が眉を動かせば、おそめが「えっ」と、驚きの声を漏らした。

「どういうことだ。仔細を話してくれぬか」

七

お定は二日前のことから話しはじめた。

流罪になったお定の情夫辰次を永代橋に見送りに行った際、そのとき杉作に見られていた。杉作に問われたお定は、包み隠さず辰次と自分のことを話したのだが、杉作もじつは自分も隠していることがあると打ち明けた。

「杉作さんは、本屋に奉公していますが、それは目あてがあってのことで、あの人は下総佐倉《さくら》藩堀田《ほった》家のご家来だったのです。だから笠原《かさはら》という姓もあるんです」

「杉作の目あてとはなんだね？」

清兵衛は上がり框に座ってからお定を見る。お定も観念の体で、話をつづける。そのやり取りを聞きながらおそめが茶を淹れてくれた。

「杉作さんには松蔵《まつぞう》という兄さんがいたそうですが、市橋卯之介《いちはしうのすけ》という人に斬られて死んだそうです。だから杉作さんはその敵《かたき》を討つために江戸に来ているんです」

清兵衛は眉宇をひそめてお定の話に耳を傾ける。

「本屋に奉公したのは、敵を捜すためで、ようやくその敵を討つときが来たといいました。このことは他言するなと口止めされたんですが、もし、返り討ちにあったら……」

気丈そうな顔をしているお定の顔が泣きそうになった。

「杉作は敵を見つけたのだな?」

「……そうだと思います」

「敵の市橋卯之介というのはどこの何者かわかるか?」

「堀田家のご家来です。在府の身で、中屋敷に詰めているといいました」

清兵衛は宙の一点を見据えた。佐倉藩堀田家中屋敷は木挽町《こびきちょう》にある。ここから
さほど遠くない場所だ。

「お定、杉作の住まいはわかるか?」

「教えてもらえなかったので、さっき丹波屋さんに行って聞きました。すると、杉作さんは昨日店をやめたといわれ、それで教えてもらった京橋の常盤町《ときわちょう》にある長屋へ行ったんです。でも、いませんでした。同じ長屋のおかみさんに訊ねると、あの人は侍だったんだね、さっき刀を差して出かけたよといわれ、それで心配になり、ひょっとしたらおそめさんが何か知っているのではないかと思って訪ねてきたんです。どうしたらいいんでしょう。もし斬り合いになって、斬られたら……」

お定はうつむいてぽとりと、一粒の涙を膝に落とし、

「わたしの好きだった人は島流しになり、せっかく知り合ってよい仲になった杉作さんもなくすことになるかもしれない。そんなの不幸せでしょう」

と、顔をあげ、

「おそめさん、そう思いませんか……」

今度は大粒の涙をこぼしながらおそめを見た。

「お定、杉作が自分の長屋を出たのはいつだ？」

清兵衛に聞かれたお定は、少し視線を彷徨《さまよ》わせ、

「わたしが杉作さんの長屋を訪ねる少し前だったはずだから、多分七つ半（午後五時）頃だと思います」

その時分はまだ日の暮れ前だ。それからすでに半刻以上はたっている。

「杉作の敵は堀田家中屋敷に詰めているのだな」

「そういっていました」

清兵衛はすでに暗くなっている表に目を向けた。まだ間に合うかもしれない。

「敵討ちとはいえ市中での刃傷に他ならぬ。騒ぎになるのは必定。その前に止めなければならぬ」

清兵衛は脇に置いていた差料を持って立ちあがった。

「桜木様、杉作さんがどこにいるのかは、わからないのですよ」

おそめが諫《いさ》めるような顔を向けてきた。

「手遅れにならぬ前に捜すしかない。お定、そなたにも杉作の行き先はわからぬのだな？」

お定は「わからない」と、かぶりを振った。

それを見た清兵衛はおそめの家を出たが、すぐに立ち止まった。これはしたりと、内心で舌打ちをした。杉作の顔を知らない。杉作の顔を知らないことに気づいたのだ。

「お定、わたしは杉作を知らない。いっしょに捜すのを手伝ってくれぬか」

いわれたお定は、口を引き結んでうなずいた。

清兵衛はお定を連れて、まずは堀田家中屋敷のある木挽町に足を向けた。すでに夜の帳《とばり》は下りており、空には星がまたたいていた。

木挽町の通りに出ると、夜商いの居酒屋や料理屋の明かりが宵闇に浮かんでいた。その店の前を歩く人の姿が黒い影となっている。

堀田家中屋敷は木挽町一丁目の東にある。まずは表門前に行ったが、門は固く閉ざされていた。しばらく待ったが、脇の潜《くぐ》り戸から出てくる勤番侍の姿もなかった。

清兵衛は考えをめぐらす。もし、敵である市橋卯之介が外出をしていれば、杉作はその帰りを狙うつもりかもしれない。

清兵衛は木挽町の通りに戻ると、ゆっくりと歩いた。

「もし、杉作がそなたに気づけば、声をかけてくるかもしれない」

清兵衛はそういったが、気休めだと胸中でつぶやく。どこかに身をひそめている杉作がお定を見つけても、声などかけはしないだろう。

清兵衛は歩きながら待ち伏せに都合のよさそうな暗がりに目を凝らし、

「お定、杉作の背恰好はどんなだ？」

と、聞いた。

「丈は並です。桜木様より少し低いかもしれません。太ってはいません。細面で少し撫で肩です」

お定はそういうが、似たような男はいくらでもいる。先にお定が杉作を見つけてくれることを祈るしかない。

木挽町の通りをゆっくり往復したが、お定は何もいわなかった。通りの北外れ、松村町まで戻り、今度は居酒屋や料理屋を暖簾越しにのぞいていった。戸を開け放している店がほとんどで、楽しげな客の声が聞こえてくる。

二階座敷のある料理屋からは三味線の音といっしょに、清らかな女の端唄《はうた》も聞こえてきた。そして、男たちの哄笑。

通の南外れ、木挽町七丁目まで行ったが、杉作を見つけることはできなかった。

お定が見落としているかもしれないし、杉作は他の町で敵の市橋卯之介を待ち伏せているのかもしれない。

もし、そうなら市橋卯之介は他の町で遊んでいるということになる。

（どこだ）

清兵衛は夜闇に包まれている町家に視線をめぐらせる。行き先に見当はつかない。

「よし、もう一度向こうまで歩いてみよう」

清兵衛はきびすを返す。お定が黙ってついてくる。

「あっ」

お定が驚いたような小さな声を漏らして立ち止まったのは、四丁目を過ぎたあたりだった。

「いま橋をわたっているのは……」

お定の目は三十間堀に架かる新《あたら》シ橋《ばし》（三原橋）をわたっている黒い影に注がれ

ていた。その黒い影の前を三人の侍が歩いていた。

「杉作さんに似ている」

お定がつぶやいた。

清兵衛は橋をわたりきった男を追うように足を速めた。

八

「しばらく」

新シ橋をわたったところで、杉作は前を行く三人組に声をかけた。

同時に三人が振り返った。真ん中にいるのが市橋卯之介だった。極太の眉に、鼻の脇に小豆《あずき》大の黒子《ほくろ》。手に持つ提灯の明かりがその顔を照らしていた。

「や、おぬしは……」

市橋の目に警戒の色が浮かんだ。

「さよう。笠原松蔵の弟、杉作である。二年前、きさまは兄松蔵を佐倉城下で斬ったな」

「なにをッ……」

「いい逃れはできぬ。その証拠はあるのだ。証人もいる」

「たわけたことをぬかすでない」

「この期《ご》に及んで白《しら》を切るか。ならば、覚悟するがよい。兄の敵、しかと討たせてもらう」

杉作は腰の刀を抜いた。

市橋がとっさに刀の柄《つか》に手をやる。二人の仲間も刀に手をかけた。

「拙者の相手は市橋卯之介である。そこもとらに意趣はない。手を引かれよ」

市橋の仲間二人は、互いの顔を見合わせ、

「市橋、いかがする？」

と、一人が問うた。

「助太刀無用。おれ一人で十分だ」

市橋はぐいっと右足を踏み出し、

「たしかに松蔵を斬ったのはおれだ。あれは万《ばん》やむを得なかった。詮議すればわかることだ」

「ならば、なにゆえ江戸勤番にのうのうとついておる。心にやましさがないなら、早く詮議を望んでいておかしくないであろう。それなのに、咎めも受けずに素知らぬ顔をして暮らしているではないか。卑怯者ッ」

「ええい、しゃらくさいことを！」

市橋は抜刀するなり、斬りかかってきた。杉作は擦り落とすと、逆袈裟《けさ》に刀を振りあげた。すぐに市橋が斬り込んでくる。杉作は刀を水平にして受けた。

ガチッと鋼《はがね》の音と同時に小さな火花が散った。俊敏に杉作が跳びしさると、市橋も間合いを取って構え直した。

互いに青眼。じりじりと間合いを詰める。杉作は市橋の動きを警戒し、下腹に力を入れる。絞るように柄を握る手に力を入れ、すっとその力を抜く。

「たあッ！」

市橋が上段から打ち込んできた。

きーん！

耳をつんざくような金音がして、突然、杉作の前に黒い影が立った。その影が市橋の斬り込んできた刀をはじき返したのだ。

「控えおれ、控えおれ、刀を引くのだ」

杉作と市橋の間にあらわれた男が声を発した。

手には抜き身の刀。それは初老の武士だった。

杉作は吠えるようにいったが、男がきっとした目を向けてきた。刀の切っ先は市橋に向けられている。

「邪魔立て無用」

「敵討ちとはいえ市中での刃傷は御法度《ごはっと》。笠原杉作と申すらしいが、敵討ちの届けは出しておるのか？」

男に問われた杉作は唇を引き結んだ。そんな届けなど出していない。必要な手続きであるのは知っているが、無用だと考えていた。

「出しておらぬなら、ただの殺しになるのだ。刀を引け。市橋殿、そなたも刀を引くのだ」

「そこもとは？」

市橋が聞いた。

「桜木清兵衛と申す隠居侍だが、刃傷沙汰を目の前にしては黙っておれぬ」

そのとき、

「杉作さん」

という声と同時に、杉作の腰に女がしがみついた。はっとなって見、

「お定……」

と、驚きの声を漏らした。やめてくれとお定は懇願する。腰にしがみつかれては、動きが取れない。

「お定、放せ、放すのだ」

杉作は片手を使ってお定を引き剝がそうとするが、お定はいやいやをするようにかぶりを振りながら、渾身《こんしん》の力でしがみついてくる。

これでは返り討ちに遭うと思うが、桜木清兵衛という侍が盾となって市橋に体を向けている。

「刀を引くのだ。引けと申しているのだ。聞こえぬのか」

桜木が叱咤するような声で市橋にいった。

市橋はしぶしぶと刀を引いた。

「路上での刃傷は許されぬ所業。そこもとらは笠原杉作と同郷の者であろう」

桜木は市橋の仲間を見てつづける。

「笠原杉作の申すことの真偽をたしかめるために詮議するのが筋。市橋殿、覚悟と心ばえが武士たる者の義。そこもとに言い条があるなら、詮議を受けるべきではないか」

市橋は口を引き結んで、うめくような声を漏らした。

「市橋、この方のおっしゃるとおりだ。そうではないか」

小太りの仲間が諭すようにいって、刀を鞘に納めろと促した。

「いかがする、市橋」

もう一人の仲間も市橋を見ていった。

「市橋、きさまは人殺しだ。その咎を受けるべきだ。観念できぬなら……」

杉作はそういってお定を振り払った。「きゃっ」といって、お定が尻餅をついた。その刹那、市橋が刀を振りあげて斬りかかってきた。

だが、その刀はまたもや桜木清兵衛に撥《は》ね飛ばされた。よろけて膝をつくと、桜木清兵衛の刀が首筋にぴたりと添えられた。

市橋はそれで動けなくなり地蔵のように固まった。そのとき、お定が再び杉作の腰に抱きついた。

「お仲間、この男を屋敷に連れ帰ってもらえまいか。その後の処断は、藩目付に委《ゆだ》ねるべきであろう」

桜木清兵衛にいわれた市橋の仲間は、顔を見合わせたあとで、承知したとうなずき、市橋の両腕を二人がかりで押さえて立たせた。

市橋は杉作を一瞥すると、二人の仲間にしっかりと両腕を押さえられたまま、堀田家中屋敷に戻っていった。

杉作とお定、そして桜木清兵衛はその様子を黙って見送った。

「杉作さん、杉作さん……」

しばらくしてお定がふるえ声を漏らして泣き崩れた。

九

八日後、佐倉藩堀田家の調べで市橋の刑が確定した。笠原松蔵を斬殺したのは、些細な口論がきっかけだったとわかり、裁きは死罪であった。結果的に杉作は自分の手を汚すことなく、藩によって敵討ちという思いを果たすことができたのだった。

杉作は兄の敵を討つために堀田家の役目を致仕《ちし》していたが、市橋の刑が確定したことで、再び仕官することになった。新たな役は藩主を警護する馬廻役で、百石の禄をもらえることになった。

また、お定は杉作といっしょに佐倉に行くことになった。それは杉作の誘いかけだった。お定がその誘いかけを喜んで受け入れたのはいうまでもない。

そんな二人が清兵衛の家に挨拶に来たのは、市橋の刑が確定した翌日のことだった。

「それでいつ国許《くにもと》に帰るのです」

話を聞いた清兵衛は若い二人を眺めて聞いた。

「はい、明日、長屋の家を払ったその足で帰ります。急なことですが、大家も手前の仕儀を承知してもらいましたので、なにも思い残すことはありませぬ」

杉作は晴れやかな顔をして答えた。

「明日とは急でございますが、お役目もおありでしょうから仕方ありませんね」

「あのとき桜木様が仲裁をしてくださらなかったら、敵討ちとはいえ、わたしは人殺しの罪を被《こうむ》ったかもしれません。あらためて礼を申します」

杉作は深々と頭を下げた。お定も倣《なら》って頭を下げる。

「いやいや、礼ならお定へいうべきでしょう。手を汚さずにすんだのは、お定が心配してくれたからでございましょう」

「は、それは、まあそうでしょう」

お定は嬉しそうな笑みを浮かべて首をすくめる。

「それで二人は夫婦《めおと》になるのですね」

「その契りをいたしましたゆえ」

　杉作が答えた。

「ほう、するとお定はお武家の妻女になるのか。いや、これは目出度い目出度い」

　清兵衛が破顔して祝いの言葉を述べると、お定はしきりに照れた。

　それから安江を交えて短い世間話をし、杉作とお定は辞去した。

　その二人と入れ替わるようにおそめが訪ねてきたのは、ほどなくしてからだった。

「杉作さんとお定さん、お目出度いことになりました。わたしのところにも挨拶に見えたのですよ」

　安江から杉作とお定のことを聞いたおそめはそういってから、

「じつはわたしもお伝えしなければならないことがあるのです」

と、あらたまったように居住まいを正した。

「何かありましたか？」

　清兵衛はおそめの涼やかな顔を見て問うた。

「はい。わたしの娘は死んだ主人が世話になっていた加納様のお屋敷に奉公をしているのですが、その加納のお殿様のご厚意で、家《や》移りすることになったのです」

「どちらへ？」

安江が聞いた。

「はい、上野のほうです。殿様のお屋敷の近くに小さな家を借りてくださるのです。屋敷の近くであれば、娘も行き来しやすくなるからと心を配っていただいたのです」

「それはまたよい話です。でも、せっかくお近づきになれたというのに、少し淋しい気がします」

「わたしも淋しく思いますが、殿様の折角のご厚意を無下にするわけにはまいりませんで……」

「それは至極ごもっともでございます。そうはいってもやはり残念ですわ」

「桜木様にはいろいろとよくしていただき、ほんとうにありがとう存じました。また、こちらへ来たときには挨拶に伺わせていただきます」

「いつでも遊びに来てくだされ。わたしはなにせ暇を持て余している身の上ですから」

清兵衛がそういって笑えば、おそめも笑みを返してきた。

茶飲み話をしているうちに、あっという間に時間が過ぎた。

「つい長居をしてしまいました。では、そろそろお暇《いとま》いたします」

話が切れたところでおそめがそういったので、清兵衛と安江は表まで見送りに立った。

「もうここで結構でございます。お茶をご馳走様でございました。では、これにて」

おそめは辞儀をしてそのまま歩き去った。

「お気をつけて……」

清兵衛が見惚れたようにおそめを見送っていうと、いきなり尻をつねられた。

「痛ッ」

安江がきっとした目を向けてきた。

「あなた様、鼻の下が伸びていますわよ」

「はあ」

安江はぷいっとした顔で玄関に向かった。清兵衛はつねられた尻をさすりながら、

「やれやれ、思いちがいであろう」

とぼやき、

（女の嫉妬は怖いものだ）

と、胸中でつぶやき、苦笑した。

第四章　小悪党

一

三月ほど前のことだった。

しとしと雨の降る暗い夜であった。場所は新吉原の大門《おおもん》の近く、見返柳の隣にある茶屋だった。大門をくぐった先にある傾城町《けいせいまち》には皓々とした明かりがある。見返柳の隣にある茶屋にいる英吉《ひできち》と和助《わすけ》は、傘を差して雨をしのいでいた。客を乗せた駕籠《かご》がやってきて、大門につづく衣紋坂へ消えていく。

「いい気なもんだぜ」

駕籠を見送った英吉が、げじげじ眉を動かしながらぼやく。

「それより、早く来ねえかな」

せっかちな和助は落ち着きがない。二人は薪束《まきたば》に腰をおろし、一刻半（約三時間）もそこで暇を潰していた。

茶屋はすでに閉まっているので、二人は茶屋の軒下にいるのだった。

雨のせいで星も月もない暗い夜である。明るいのは大門を入った傾城町だけだ。ときどき三味や鼓の音とともに賑やかな笑い声が流れてくる。

「清秋《せいしゅう》さんは、どこで話をつけるんだ？　おめえ聞いてるか……」

英吉が和助に顔を向けてくる。足許にある提灯の明かりを受けている。提灯に使う蠟燭《ろうそく》は何度も取り替えていた。

「寺の前で坊主を足止めさせろといわれてる。聞いてなかったのか……」

和助は咎め口調でいって、闇のなかにペッとつばを飛ばした。

「おれが知りてぇのは、どこで話をつけるんだってことだ。どうせ、清秋さんが話をするんだろうが、おれたちゃ証人になるだけで、こんな辛抱をしなけりゃならねえ。褒美金は弾んでもらわなきゃ間尺が合わねえってもんだ」

「そりゃそうだ。門前であのくそ坊主を引き止めたら、おれが清秋さんを呼びに行く。そのあとは清秋さんまかせだ」

「清秋さんはどこで待ってんだ？」

「おめえはなにも聞いちゃいねえんだな。あきれちまうぜ。門前の居酒屋だよ。その店も教えてもらってるじゃねえか」

「ああ、あの店か。とっとと片づけて一杯やりてぇな」

英吉はそういって衣紋坂のほうに目を向けた。一挺《ちょう》の駕籠が大門から土手道に出てきたからだった。駕籠提灯に目を凝らして、和助の脇腹を肘《ひじ》でつついた。

「来たぜ。あれだ」

駕籠提灯には「丸に二つ引き」紋があり、「駒屋《こまや》」という駕籠屋の名も読めた。浅草馬道の北にある無応院の坊主が雇っている駕籠屋だった。

「やっと来やがったか」

和助はゆっくり立ちあがると、英吉を顎でしゃくり、目の前を通り過ぎた駕籠を尾けはじめた。日本堤の土手道は暗く、そして雨で湿っていた。

勅使河原《てしがわら》清秋は無応院門前の小さな居酒屋で、ちびりちびりと酒を嘗めるように飲んでいた。およそ居酒屋にはそぐわない客である。

路考茶の小袖に墨染めの羽織姿、そして禿頭《とくとう》である。もっとも付近には寺が多いので、めずらしいことではないが、清秋は一種独特の雰囲気を身に纏《まと》っている。

一見どこかの寺の住持《じゅうじ》に見えるが、清秋は寺持ちではない。表向き、御数寄屋《おすきや》坊主《ぼうず》と名乗ってはいるが、公職に任ぜられていない御家人であった。坊主面をしているのは、おのれで考えた〝身過ぎ世過ぎ〟のためである。

「まだ来ぬか」

壁に凭《もた》れて目をつむっていた青木《あおき》周五郎《しゅうごろう》が、身を起こして清秋に顔を向けた。

「じきに来るであろう。のんびり待とう」

金のためだ、という言葉は喉元で抑え、代わりに酒に口をつけた。

小半刻前まで他の客が三人いたが、いまは清秋と周五郎の二人だけだった。

「主、もう一本つけてくれぬか」

清秋が板場にいる主に声をかけると同時に、戸が開いて一見人のよさそうな顔をしている和助があらわれ、

「来ました。いま、門前に待たせていやす」

と、清秋を見て告げた。

「主、酒はもうよい。勘定だ」

清秋は手拭いで口許をぬぐい、周五郎殿まいろう、と腰をあげた。

表は霧雨が降りつづいていた。居酒屋から十間と離れていない場所に了栄《りょうえい》とい

う無応院の住職が、英吉と立っていた。

「あなたは……？」

清秋に気づいた了栄が顔を向けてきた。提灯の明かりに浮かぶ顔は憤っている。

「了栄殿、引き止めてすまなんだ。されど、そのまま帰すわけにはまいらぬ」

「いったいどういうことで？　藪から棒に話があるから待てといわれて、袖をつかんで放してくれぬ」

了栄はそういって、袖をつかんでいる英吉の手を強く払った。

「ここで立ち話をしてもよいが、御坊《ごぼう》で話をしてもよい。了栄殿の進退に関わる大事なことだ」

「わたしの進退に……」

「仏に身を捧げる者が、吉原通いであろう」

了栄の目が見開かれ、顔が強ばった。

「わたしは将軍家に仕える数寄屋坊主、勅使河原清秋と申す。話ができぬと申すなら、肚を括って差紙《さしがみ》（役所からの召喚状）を待たれるか」

「ど、どういうことです……」

了栄は数寄屋坊主と聞いてふるえあがった。数寄屋坊主は江戸城内にて将軍をはじめ、登城した大名たちの世話をする接待掛である。主に茶器や茶礼を司るのが役目だが、幕府重臣はもちろん将軍にも面談できる。

さような権勢が背景にあるので、諸国大名も城内に勤める御坊主衆《おぼうずしゅう》には一目置いているし、付け届けや折々の祝儀を怠らない。

「御身大切ならば、用談とまいろうではないか」

清秋は眼光鋭く了栄を見て、肉付きのよい顔をわずかに緩めた。

二

それから一月《ひとつき》たった初秋の日に、勅使河原清秋はそれまで住んでいた浅草阿部川町《あべかわちょう》の家を払い、鉄砲洲は船松町二丁目に越した。大川（隅田川）対岸は佃島で、視線を少し変えれば江戸湊の青々とした海を望むことができた。

無応院の住職了栄から五十両を口止め料として巻きあげたが、江戸には女犯《にょぼん》の僧が少なくない。露見すれば寺持ちの僧なら遠島、それ以外の僧は日本橋の畔《ほとり》に三日間の晒のうえ、寺を追放、本寺へ引き渡される。

清秋は寺の住職が囲っている女のもとに足を運んで金をせびったり、住職に対面して金を出させたりしている。相手は弱味をにぎられているので拒むことはできない。

恐喝であるが、表沙汰になることはないので、うまい稼ぎだった。そうやってためた金は五百両を超えた。

むろん、用心棒の青木周五郎にも手下の英吉や和助にも分け前を与えている。彼らは清秋といることでうまい汁を吸えるから離れようとしない。

船松町の家にも、その三人は居候の形で住み込んでいた。

清秋は座敷で茶を点《た》て、ゆっくり茶碗をつかみ口に持っていった。心穏やかだ。

（わしはもう少し大きなことをしなければならぬな。ちまちました稼ぎは、もうやめだ）

胸中でつぶやき、床の間に掛けてある軸を眺める。隷書《れいしょ》の文字は値打ちものだ。床柱の一輪挿しには芙蓉の花を投げ入れてある。

まだ蟬《せみ》の声はかしましいが、海から吹き寄せる風が軒先に吊した風鈴を鳴らす。

清秋は青い空に浮かんでいる動かぬ雲を眺めた。

ずっと役料のない無役の小普請《こぶしん》坊主だった。登城した大名に給仕をする表坊主になりたかった。その願いが叶ったならば、老中の給仕をする御用部屋坊主、さらには中奥にて将軍の給仕をする奥坊主と上っていきたかった。

されど、その願いはついぞ叶えることができなかった。運不運があるなら、運がなかったと開き直るしかない。

そう思い至った清秋は、おのれの才覚で生きる道を選んだ。

それがいまだ。

（もう誰にも媚びへつらわずにすむのだ。早くに気づかぬおれが馬鹿だったか……）

清秋は肉付きのよい白い顔に、自嘲の笑みを浮かべた。二日に一度は剃り上げる禿頭は、ぴかぴかと光っている。大きな目は鋭く、太い眉の尻は持ちあがっている。

（その辺の大名など相手にしても高が知れている。御三家でも脅してやるか……）

紀伊《きい》家、尾州《びしゅう》家、水戸《みと》家の上屋敷を脳裏に描く。

しかし、相手が公《おおやけ》に知られては困る弱味をにぎるのは至難の業である。

（何かないだろうか……）

清秋はこのところそんな思案ばかりをめぐらしている。

「清秋さん、清秋さん」

バタバタと足音を立てて座敷の前にあらわれたのは和助だった。遅れて英吉もやってきた。

「なんだ」

清秋は落ち着いた所作で煙草盆を引き寄せ、煙管を手にした。

「面白い話があるんです」

和助が近くに座って顔を向けてくる。

「どんな話だ？」

清秋は煙管に刻みを詰めながら和助の丸顔を眺める。小さな目が垂れているせいか、人のよい男に見える。

「不義密通をやっている野郎と娘がいるんです」

「いいカモですよ」

英吉が言葉を添えた。

「野郎というのはお武家か？」

「もぐさ屋の跡取りで、相手は新川の酒問屋の娘です」

清秋は話にならないと思った。煙管をすぱっと吸いつける。

「町人同士の好いた惚れたならどこにでもある。わしがほしいのは御三家、あるいは田安《たやす》・一橋《ひとつばし》・清水《しみず》の御三卿の醜聞だ。そうでなければ老中か大老職にある大名だ。どんなに血筋がよかろうが偉かろうが、誰しも人に知られたくないことがある」

「そりゃあ話が大きすぎますよ。御三家だ御三卿だというのは容易《たやす》いでしょうが、どうやって近づけばいいんです。あっしらには到底無理な話ですよ。雲の上のような人ばかりじゃありませんか」

和助が早口でまくし立てる。せっかちな性分だが、話し方もせっかちだ。だが、和助のいうことはもっともだ。自分が口にしたのは、近寄りがたい大名ばかりだ。しかし、城に勤める坊主衆なら別だ。

「わしを誰だと考えておる。いまでは城勤めをやめた元数寄屋坊主ではあるが、城に勤めている坊主衆はいまでも表坊主は百七十人ほど、奥坊主も八十人ばかりいる。お城というのはそんな茶坊主らがうろうろしているところなのだ」

「するってェと、清秋さんはそんな坊主らにわたりをつけて、うまい話を引き出そうとお考えで……」

和助が身を乗り出して、小さな目を見開く。

清秋は言葉どおり、まずは城勤めの茶坊主に近づこうと考えていた。時間はかかるだろうが大きなことをするためには、どうしてもやらなければならぬ。

「でも清秋さん、もぐさ屋の跡取りの家も娘の家も大した問屋ですぜ。羽振りのよさそうな商家なんですがね」

清秋はげじげじ眉を動かしながらいう英吉を見た。

「大きな店か？」

「へえ、もぐさ屋は辰巳《たつみ》屋っていう大きな問屋です。酒問屋の娘をうまく騙しててめえの女にしてる若旦那は、いずれはその店を継ぐんです。おまけにその若旦那の女房の腹にはやや子がいるんです。女房が孕《はら》んでちゃ、あっちのほうはできねえでしょう」

清秋は少し考えた。力のある茶坊主に近づくにしても金はかかる。その前にひと稼ぎするのは悪くない。

「その娘の家は酒問屋らしいが、どこのなんという店だ？」

「新川にある近江《おうみ》屋っていう問屋です」

霊岸島を東西に流れる新川には、上方から多くの酒が運ばれてくる。よって新川河岸には大きな酒問屋がある。

「もぐさ屋の跡継ぎの店はどうなのだ?」

「へえ、こっちもなかなかの店です。まあその店を見れば、いかほどのものかわかるでしょう」

清秋の心が動いた。

「そこまでいうなら、一度足を運んでみるか」

三

勅使河原清秋らが鉄砲洲に家移りをして一月ほどたった。

同じ鉄砲洲本湊町に住む桜木清兵衛が、まだその正体は知らないが、勅使河原清秋らを知ったのは彼岸花が咲き誇った時分であった。

その日、清兵衛は馴染みにしている甘味処「やなぎ」の床几に座り、茶を飲んでいた。

(おや、またあの坊主だ……)

清兵衛は目の前を歩き去る恰幅《かっぷく》のよい坊主に目を注いだ。花菱の紬に黒い羽織と洒落者である。下男らしい者を二人連れているが、今日は侍がもう一人ついていた。

（どこぞの寺の住持であろうか……）

と、考えるが、そうは見えない。どちらかというと、城勤めの御坊主衆に見える。

「いま橋をわたっていった坊さんたちだが、たまに見るね」

清兵衛は茶を汲み足しに来たおいとに声をかけた。おいとは屈《かが》めた腰を起こして、清兵衛の視線の先を追い、

「ええ、ときどき見かけますね。きっとご近所に越してらしたんでしょう」

「どこぞの寺の住職だろうか？」

「さあどうでしょう。でも、貫禄のある方ですね。いっしょについている方はちょいちょい見かけますけど、あのお坊さんに仕えている人かしら……」

おいとは小鳥のようなくるっとした目で首をかしげる。

「ついているというのは侍のほうではない二人のことだな」

その一行はもう高橋《たかばし》から霊岸島にわたっていた。

「ええそうです。桜木様、ゆっくりしていってくださいね」

おいとは笑顔を残して店の奥に戻っていった。

清兵衛はそれからしばらくして「やなぎ」をあとにした。残暑ではあるが、一時の厳しい暑さはない。それに風が出てきたので幾分過ごしやすくなった。たまにはいい酒を飲みたい。そう思い立って霊岸島に入り、新川沿いの河岸道をぶらぶらと歩いた。

大きな酒問屋が並んでいる。上方から運ばれてくる「下り酒」を商う店ばかりだ。江戸の者たちは、近郊の酒屋で造られる酒を「くだらぬ」と揶揄《やゆ》する。灘《なだ》や摂津《せっつ》、和泉《いずみ》などで醸造される酒は最高のものだと賞味され、新川にある酒問屋を下り酒問屋と称したりしている。

この地で荷揚げされた酒は、江戸市中の酒屋だけでなく、舟を使って房州《ぼうしゅう》や上州《じょうしゅう》へも運ばれていく。

清兵衛は蔵の建ち並ぶ河岸道の外れまで行ったところで引き返した。河岸地には艀舟《はしけぶね》や荷舟が所狭しと繋がれている。新川の水面は穏やかで、空を映していた。一軒の酒問屋に入ると、摂津の酒を買い求めた。徳利に五合。店の者は徳利を返しに来れば、その分はあとで返金するといった。

「ならば、暇なときにでも返しにまいろう」

酒問屋は町の酒屋と同じように小売りもしてくれるし、立ち飲みをさせる場所もある。

代金を払って店を出た清兵衛は、今夜は久しぶりにうまい酒が飲めると頬をゆるめる。安江に何かうまい肴を作ってもらおうと考えるだけで楽しくなった。

それはしばらく行ったところだった。長崎町一丁目にある「近江屋」という酒屋の近くだった。「やなぎ」で見送った坊主たちが出てきたのだ。

それからすぐに店の主と思われる五十過ぎの男も出てきて、坊主たちに米搗き《こめつ》飛蝗《ばった》のように頭を下げた。

「どうか、これからもご贔屓のほどを……」

「不調法は許されぬぞ」

坊主はいかめしい顔でそういうと、供の三人に顎をしゃくって歩き去った。その坊主たちを見送る主らしき男は、

「縁起のよいお得意がつきそうだ。商売繁盛、商売繁盛……」

とつぶやき、手をこすり合わせながら店のなかに戻った。

その様子を眺めていた清兵衛は、一度「近江屋」の看板を眺めてから足を進めた。坊主たちの姿は、すでに町の通りから消えていた。

四

同じ頃、南八丁堀のもぐさ問屋「辰巳屋」の若旦那晋吉《しんきち》は、父親の作衛門《さくえもん》に奥の小座敷に呼ばれたところだった。

作衛門は「辰巳屋」の主でもある。その顔は厳しく、晋吉が静かに座ると、にらんできた。

「やい、晋吉。わたしに何かいうことはないか」

のっけから権柄《けんぺい》ずくだ。

「何をです？」

晋吉はうすうす気づいていたが、白を切るしかない。

「とぼけたって無駄だ。このところ帳尻が合わないと思っていたら、おまえが売り上げの金を誤魔化《ごまか》しているのがわかった。いったい何に金を遣っているんだ？それも小遣いぐらいの高ではない」

晋吉はいいわけを考えるためにうつむいた。

「お米《よね》はおまえが柄の悪い男に金をわたすのも見ている」

晋吉ははっと顔をあげた。まばたきもせずに作衛門を見る。お米というのは店の女中だった。

「柄の悪い男は、ときどきやってくる二人だ。一人は四角い顔をしたげじげじ眉。もう一人は人のよさそうな丸顔だが、いただけない目つきをしている。その二人に金をわたしているらしいが、なんのためだ？　脅されているなら、それなりのわけがあるはずだ。正直に話せ」

「それは……」

「なんだ。あの二人に強請《ゆす》られているなら御番所に訴えて捕まえてもらおうではないか」

「おとっつぁん、それは困る。困るんだ」

晋吉は慌てた。

「何が困るってんだ。え、強請られているのか？」

「……はい」

「何を種に強請られている。強請りをするやつは人の弱味をにぎっているからだ。おまえ、なんの弱味をにぎられた。親の知らぬところで、人にいえない悪いことをしているのか？」

晋吉は何度もため息をついて親の顔を見る。普段はやさしく思いやりのある父親だが、今日はいつになく険しい顔をしている。

「これ、正直にいわんか」

ぽかっと頭を殴られた。

「おまえが持ち出した金は五十両を超えているではないか。尋常ではないだろう。これ、なぜ黙ってる」

「いいます」

晋吉はもはや隠せないと思い観念した。

「じつは近江屋のお道《みち》ちゃんといい仲になっていて、それをあの人たちが知って、恐喝されてるんです」

「なんだと。近江屋というのはどこの店だ？」

「新川の酒問屋です。長崎町一丁目の……」

父親の作衛門は白髪交じりの眉を動かして目をしばたたいた。

「おまえにはお松《まつ》というできた女房がいるではないか。それなのに、道ならぬことをしているのか」

晋吉はこくんとうなずく。お松は妊娠中で、もうすぐ臨月を迎える。

「お松に知れたらいいわけはできませんし、それに近江屋さんにも迷惑をかけます。お道ちゃんには縁談が来ているんです」

「そのお道さんはおまえに女房がいて腹に赤ん坊がいることを知っているのか？」

晋吉は首を横に振る。

「あきれたやつだ」

作衛門はまた晋吉の頭をぽかっとたたいた。

「すると、おまえはお道という娘を騙していることになるな」

「はい、そんなこんなを知られちまって、あの人たちのいうことを聞かないと、いろいろ面倒になるし……」

「それで金をせびられて、店の金をくすねてわたしたということか」

「おとっつぁん、すみません。わたしが至らないばかりにこんなことになって……だけど、どうしたらよいかわからないんだ。それにこのままだと、いつまでも金をねだられつづける。どうしたらいいんです。おとっつぁん、ほんとうにすみません」

晋吉は畳に額を擦りつけ肩をふるわせて泣いた。

作衛門は腕を組んでどうしたらよいものかと考えた。晋吉が嫁入り前の娘と浮気をしていたと知ったら、もうすぐ赤子が生まれようとしている嫁のお松はどう思うだろうか？

気の弱い女だから衝撃を受けて流産でもしたら大変だ。いやいや、気も狂わんばかりに泣いて身投げするかもしれない。もし、そんなことになったらとんでもない。

（どうにかしなければならないが……どうすりゃいいんだ。どうすりゃ……）

「とにかく……」

作衛門がそういって言葉を切ると、晋吉が泣き濡れた顔をあげた。すがりつくような目を向けてくる。

「金をせびっている者に話をつけるのが筋だろうが、ここは親のわたしが話をするしかないようだ。今度、その者たちが来たらわたしを呼びなさい」

「おとっつぁん、すみません。お願いします。おとっつぁんだけが頼りです」

「まったく調子のよいやつだ。だけど晋吉、このことはお松には決していってはならないぞ」

「そんなことは口が裂けてもいいませんよ」

「それから、その近江屋さんの娘さんだが……」

「お道ちゃんです」

「そう、お道さんには縁談が来ているといったな」

「いい縁談話だけど、お道ちゃんは相手のことが嫌いで行きたくない、できることならわたしにもらってくれといっています」

「あきれたやつだ。それでおまえはなんといってるんだ？」

「少し考えさせてくれと誤魔化しています」

「かー、とんだ馬鹿者が。いいか、晋吉。まずはお道さんと縁を切るのが先だ。いい縁談なら、それを勧めるといいだろう。どうやってお道さんと縁を切るかはおまえが考えろ。このままでは先様にも迷惑をかけることになる」

「はい」

「いまからでも行ってお道さんと別れてくるんだ。いいな、わかったな」

「は、はい」

五

雨が二日つづいた翌日のことだった。

空がすっかり秋らしくなり、風も涼しくなった。そんな日の昼過ぎに、昨日から出かけていた青木周五郎が帰ってきて、清秋のいる座敷を訪ねてきた。

「いずこへおいでになっていた？　いい女でも見つけましたか」

清秋が冗談交じりにいうと、

「いい話を見つけてきたのだ。ちょいと稼ぎになりそうな話だ」

周五郎は胡座をかいて清秋の前に座った。

「どんな話です？」

清秋は小銭稼ぎに飽きていたが、興味はあるので周五郎に目を向ける。

「増上寺《ぞうじょうじ》の子院に貞陽院というのがある。その寺の住持は女犯の僧だ」

清秋は毎度お得意の小銭稼ぎだと思い、少し興醒《ざ》めるが放ってはおけないし、稼ぎ口を逃すのはもったいない。

「住持の相手は？」

「三年前に死んだ吉田竹次郎《よしだたけじろう》という御家人のお内儀で、おしんという。娘が一人いるが、これは死んだ亭主の同輩の倅に嫁いでいて、おしんは独り暮らしだ。そこへ貞陽院の修也《しゅうや》という住持が足繁く通っている」

「貞陽院は金がありそうですか？」

「増上寺の子院だけあって、檀家は少なくない。金はあるはずだ」

清秋はしばらく表の庭に目を向けた。芙蓉の花が小さく風にふるえている。金は稼げるときに稼ぐべきだと、清秋は胸中でつぶやき、周五郎に視線を戻した。

「これから話しに行ってもよいですが、修也という住職は寺にいますかね」

「昼間は真面目くさった顔をして寺にいる。いまから行くならおれもついていく」

「では、まいりましょうか」

清秋は思いを決めて立ちあがった。

居候の和助と英吉は家にいなかったので、清秋は周五郎と二人だけで出かけた。

「分け前は五分と五分だ。おれが見つけてきた話だからな」

表を歩きながら周五郎がいう。

「……よいでしょう」

ここで欲を出して、周五郎と揉めるのは得策ではない。清秋は素直に承知した。

築地の大名屋敷地を抜け、木挽町の通りから芝口一丁目に出て東海道を南へ進んでいく。

「近江屋と辰巳屋からはうまく金を引き出せそうです。和助と英吉もいい種を拾ってきました。もっとも近江屋にはまだなにも話していませんが……」

「されど、いつまでも小金を強請り取っているわけにはいかぬだろう。そろそろ大きく手を打つべきではないか」

「そうしようと考えているところです。近いうちにその話をしに近江屋と辰巳屋に行かなければなりません。まあ、明日でもいいのですが……」

清秋は右手に提げていた巾着を左に持ち替え、あれこれと周五郎と示し合わせながら歩いた。

宇田川町に入ったところで右手の路地に折れる。その先には増上寺の学寮と子院がいくつもある。

貞陽院は八百坪ほどの敷地を持つ寺だった。山門のそばに大きな銀杏《いちょう》の木があり、その下に手水場があった。正面が本堂で右側に客殿と庫裏《くり》があった。

本堂には誰もいないので庫裏を訪ね、出てきた僧侶に住職に会いたいと申し出

ると、

「当寺の住持はわたしですが、何かご用でございましょうか？」

「これは手間が省けた。するとご住職の修也殿ですな。わたしは勅使河原清秋という生臭坊主ですが、折り入って話したいことがあります」

清秋は丁寧にいって、周五郎を紹介した。修也は訝しそうな顔をしたが、清秋の身なりをひと眺めしたあとで、座敷に通してくれた。

「茶などいりません。なに、話はすぐに終わりますから」

清秋はそういってから縁側の先にある庭を眺め、座敷の様子を観察した。とくに金目のものはないが、畳は新しいし、障子も唐紙もきれいだ。庭木の剪定《せんてい》も行き届いている。貧しい寺でないというのはよくわかった。

「それでいったいどんなお話でございましょう？」

修也は細身の僧侶で、歳は五十ばかりだろうか。顔のしわは少ないが、首筋と手の甲のしわが深い。

「ご住職は露月町《ろうげつちょう》で独り住まいをしているおしんという女をご存じですな」

とたんに修也の顔が強ばった。

「亭主は二年前に死んだらしいが、ご住職はそのおしん殿と親しく付き合っておられる」

「あの方は檀家ですからね」

「檀家の後家と通じていい思いをされている。そうですな」

清秋は修也をにらむように見る。清秋は恰幅がよいので、押し出しが利く。修也は顔色を失っていた。

「いったいあなたは……」

修也の声はふるえていた。

「天下の将軍の御用を務める御数寄屋坊主、勅使河原清秋とはおれがことよ。女犯をはたらくとは不届千万！」

修也は凍りついた顔をした。もちろん、清秋の言葉は方便であるが、修也には調べようがない
「だ、誰がそんなことをしているとおっしゃる。わたしはさようなことは……」

「だまらっしゃい。その証拠は揃っておるのだ。これにいる青木殿は、そこもとおしんの仲をよくよく調べていらっしゃる。昨夜もその前の晩も、そなたはおしんの家を訪ね同衾《どうきん》している。嘘だというならおしんを引き出し詳しく調べることになる」

「あなたは、ほ、ほんとうに御数寄屋坊主で……」

「嘘など申さぬ」

将軍のそば近くに仕える御数寄屋坊主がいかほどの権力を持っているか、修也はよく知っているはずだ。

「女犯をはたらいたな」

清秋が声を落として念押しをすると、修也は唇を嚙んでうなずき、うなだれた。

「表沙汰にはしたくなかろう。もしさようなことになれば、そなたは牢送りになり、遠島の刑に処せられねばならぬ」

「ど、どうすればよいのでございましょう。ご堪忍いただけませぬか。二度とおしん殿には近づかないと約束いたします。どうかご寛恕《かんじょ》のほどを」

お願いいたしますと、修也は平伏した。

清秋はその様子を静かに眺めたあとで、

「三十両で口を噤《つぐ》もう」

と、声を抑えていった。

そのぐらいの金額が適当だと思った。あまり吹っかけると、しぶられるか、日延べされて逃げられる恐れがある。それはこれまでの経験でわかっていた。

「そ、それで手を打っていただけますれば、すぐにおわたししますが、これかぎりだとお約束いただけますか」

「疑うなら証文を書く」

修也はその言葉を信じて金を用意した。

三十両を稼ぐのに手間はかからなかった。

清秋と周五郎は山門を出ると、互いの顔を見合わせ、さも愉快そうな笑いを堪《こら》えることができなかった。

六

清兵衛はその日、散歩の途中で非番の大杉勘之助の屋敷に立ち寄り、茶をもてなされ、愚にもつかぬことを話して半刻ほど過ごした。

二人は「勘の字、清兵衛」、あるいは「おれ、おぬし」と呼び合う腐れ縁である。互いに遠慮ない物いいをし、話をする。

勘之助は現役の与力だが、清兵衛が隠居したあとも変わらず付き合ってくれる。

「では、今度はうまい飯でも食いにまいろう。おぬしの奢りでな」

清兵衛がにやりと笑っていうと、

「蕎麦ぐらいなら馳走してやるさ」

と、勘之助が言葉を返す。

「蕎麦と来たか。羽振りのよい与力のくせにケチなことをいいやがる」

清兵衛は憎まれ口をたたいて勘之助の家を出た。

表に出て晴れている空を眺める。日は西に傾きつつあるが、まだ帰るには早いと思い、ぶらぶらと足を進める。

南八丁堀の河岸道まで来たときだった。目の前を飛んでいる蜻蛉《とんぼ》を何気なく目で追っていると、路地の先で身なりのよい男が、二人の男にしきりに頭を下げている。

二人の男は楽な着流し姿で、初老の男に詰め寄り襟をつかんで凄みもする。

（なにをしているのだ？）

清兵衛は立ち止まったままその様子を眺めた。三人がいるのは「辰巳屋」というもぐさ屋の裏木戸の前だった。

すると小柄な初老の男は辰巳屋の番頭か主かもしれない。その初老の男が肩を突かれて、背後の壁に背中を打ちつけた。それでも初老の男は必死に頭を下げ、許しを乞うているようだ。しまいには懐から財布を出し、いくらかを二人の若い男にわたした。

一人がその金を手にしたが、

「馬鹿にするんじゃねえ！」

と、吐き捨てるや投げつけた。

ちゃりん、ちゃりんと小粒（一分金）が地面で音を立てた。

「おう、辰巳屋、出直してくるが、今度は虚仮《こけ》にはされねえぜ。あとで後悔しても知らねえから、せいぜい肚を括っておくんだな」

ペッと一人がつばを吐き、もう一度辰巳屋の男を突き飛ばした。

清兵衛は眉宇をひそめた。去って行く二人の男に見覚えがあったのだ。「やなぎ」の前でも見たし、新川の河岸道でも見た男だった。あのときは坊主と侍がいっしょだったが、今日はその二人はいなかった。

「怪我はないか？」

清兵衛は路地に入って地面に両手をついている男に声をかけ、手を貸して立たせてやった。

「何だか、脅されているようだったが、因縁でも吹っかけられたか」

「いえ、なんでもございません」

「もしや辰巳屋の主であろうか？　わたしは本湊町に住む桜木清兵衛と申す者だ。決してあやしい者ではない」

「はい、わたしは辰巳屋作衛門と申しますが、どうかおかまいなく」

作衛門は気弱そうな顔で頭を下げる。小柄で薄くなった髪に霜を散らしていた。どう見ても実直そうな商人だ。

「お助けいただき礼を申します。では、これで……」

作衛門はそのまま裏木戸から店に入ろうとする。

「これこれ待て、金を落としたままではないか」

清兵衛はそういって地面に散らばっている小粒を拾ってやった。全部で八枚。つまり二両である。

「何があったのか知らぬが、困っていることがあったら相談に乗ってもよい。遠慮はいらぬ」

拾った金をわたしながらいうと、作衛門は気弱そうな目をしばたたき短く躊躇ったが、

「ありがとう存じます」

と、深く頭を下げて店のなかに入っていった。

(ただ事ではなさそうだな)

清兵衛は不審に思いながらその場を離れて表の道に出たが、しばらく行ったところで茶屋の床几に座っている二人の男を見て足を止めた。辰巳屋作衛門を脅していた二人だ。

一人は角張った顔にげじげじ眉。もう一人は丸顔に小さな垂れ目。

やはり、新川の河岸道と「やなぎ」の前で見た男たちだった。二人とも三十になるかならないかの年頃だ。

「すっかり小馬鹿にされちまったじゃねえか」

げじげじ眉がいう。

「このままじゃすまさねえ。あんな端金《はしたがね》でケリをつけようという根性が気に食わねえ」

丸顔はおとなしそうな顔をしているが、口の利き方は粗野だ。

「もっともだ。帰ったら清秋さんに相談だ」

「おう、それがいい。行くか」

二人はそのまま茶屋をあとにした。清兵衛は尾けることにした。これは与力時代に培《つちか》った勘である。犯罪の臭いを嗅ぎ取ったのだ。

前を歩く二人は与太者であろう。恰幅のいい僧侶といっしょにいるときは、下男だと思ったが、下男にしては歩き方や言動が野卑である。

二人は清秋という名を口にしたが、いったい何者だと清兵衛は思った。そのまま尾けていくと、二人は鉄砲洲の河岸道を辿り、船松町二丁目にあるこぢんまりした屋敷に消えた。

家には木戸門があるので武家の屋敷かもしれない。清兵衛は門前で立ち止まっただけで、きびすを返した。

七

「これ以上困らせないでくれといったのだが、あの二人は納得してくれなかったよ。二両ばかりわたそうとしたが、馬鹿にするな、あとで後悔しても知らない、肚を括っておけといわれちまった」

作衛門は「はあ」と、大きなため息をついて、晋吉を見る。

そこは、辰巳屋の奥座敷だった。

「あの人たちはいくらほしがったんです？」

「たしかなことはいわれなかったが、このままだとずっと金をねだられつづける。そうなったら店は潰れてしまう。どうしたらいいんだ」

作衛門はまるで自問するようにつぶやく。

「おとっつぁん、もうこれ以上は払えないとはっきりいうしかないんじゃないか」

「そんなことを聞いてくれる相手か……」

作衛門はじっと晋吉を見る。

「そうだね」

晋吉はしおたれた顔をしてため息をつき、

「わたしが馬鹿なことをしたばかりに……おとっつぁん、許してください」

「いまさら謝ったってどうにもならないだろう。とにかく何とかしなければならない。御番所に相談するか。そうすべきじゃないか」

「おとっつぁん、それはだめです。もし、そんなことしたら、わたしがお道ちゃんといい仲になっていたことがわかってしまいます。それを知ったお松は気が触れてしまうかもしれない。腹には生まれてくる赤ん坊もいるんです。それに、お道ちゃんに来ている縁談もあります。近江屋の旦那さんはいい縁談だからと、お道ちゃんに盛んに勧めているんです。御番所に訴えたら、近江屋さんだって黙っちゃいないでしょう。だって、わたしは嫁入り前のお道ちゃんを騙して……」

ああ、どうすりゃいいんだと、晋吉は頭をかきむしった。

作衛門はそんな様子を黙って眺めた。たしかに晋吉のいうとおりであろう。真相を知ったら「近江屋」は、どう責任を取るんだといってくるかもしれない。嫁入り前の大事な娘を疵物《きずもの》にされたのだから。

好いた惚れたは男と女の勝手だろうが、晋吉は女房持ちだし、お道という娘は嫁入り前である。近江屋が黙っていないのは考えるまでもない。

「しかし、何とかしなきゃならない」

作衛門はぼそっとつぶやいたあとで、裏木戸で声をかけてきた侍のことを思い出した。

初老の侍だった。桜木清兵衛という人で、困っていることがあるなら相談に乗ってもよいといわれた。

「あの人……」

作衛門がぽつりとつぶやくと、晋吉が「えっ」と、顔をあげた。

「さっき例の二人が来たとき、わたしに声をかけてくださったお侍がいたんだ。困っていることがあるなら相談に乗るとおっしゃった」

作衛門はそのときの経緯を話した。

「桜木清兵衛……どこのお侍なんですか？」

「さあ、よくはわからないが、本湊町に住んでいるといわれたような……」

晋吉はなにかを思いついた顔で、忙しく視線を動かして、

「そのお侍が頼れるなら相談してみたらどうでしょう。おとっつぁん、御番所には訴えられないんです。そのお侍が親切なら力になってくれるかもしれない」

と、身を乗り出していう。

「だけど、よく知らない人なんだ。藁《わら》にもすがりたいという気持ちはわかるが、相談したはいいが、そのあとで途方もない金を寄越《よこ》せといわれたらどうする」

と、作衛門はまっすぐ晋吉を見る。

「そうですか……」

晋吉ががっくりうなだれたとき、廊下から小僧の声がかかった。

「旦那様、お客が見えているんですけど」

「どこのどなただい。いま取り込んでいるんだ」

「桜木様とおっしゃるお武家様です」

とたん、作衛門と晋吉は顔を見合わせた。

清兵衛が奥座敷に案内されると、そこには若い男が座っていた。

「ささ、こちらへ」

作衛門は上座に清兵衛をいざない、

「これはわたしの跡継ぎで倅の晋吉と申します」

と、若い男を紹介した。作衛門は小柄で髪に霜を散らし、しわ深い顔をしているが、倅は目鼻立ちのはっきりした男だった。

「晋吉でございます」

「主、倅がいっしょにいてもかまわぬのか?」

清兵衛は晋吉から視線を作衛門に移した。

「かまいません。それでご相談があるのでございます」

「ほう、相談。いや、じつはさっきこの店の裏で二人の男と揉めているようだったが、どうにも気になってな。それで話を聞きたいと思ってきたのだ。迷惑ならば、このまま帰るだけだが……相談があると申したな」

「じつはあの二人に困っているんでございます。しかし、こんなことを見ず知らずの桜木様に相談してよいものかどうか……」

作衛門は奥座敷まで案内したくせに、ここにいたって躊躇いを見せた。

「あまり他言されては困るが、わたしは隠居侍だ」

清兵衛は自分がどんな人間なのかわからないので、作衛門が警戒心を起こしていると感じ、言葉を足した。

「隠居する前は北の御番所に勤めておった。わけあって早くに隠居をした男だ。案ずることはない」

作衛門は晋吉と顔を見合わせた。

「おとっつぁん、桜木様なら」

晋吉が作衛門を見ていえば、

「そうだな」

と、作衛門は同意する顔をして、清兵衛に顔を向け直した。

八

清兵衛は身じろぎもせず、辰巳屋作衛門の話にじっと耳を傾けていた。ひととおりの話を終えた作衛門は、汗もかいていないのに手拭いで額を押さえ、

「このままねだられつづけたら、この店は立ち行かなくなります。かといって御番所に訴えることもできずに困っているんでございます」

と、言葉を足した。

清兵衛は「ふむ」とうなずき、肩をすぼめ小さくなっている晋吉に目を向けた。

「晋吉、金をねだりに来る英吉と和助という男が悪いというのはわかるが、弱味をにぎられるようなことをしたそなたにも因果はある。わかっておるか」

「はい、それはもう痛いほどわかっております」

「お内儀の腹にはやや子がいるらしいが、いつ生まれそうなのだ？」

「ここ一月ぐらいではないかと、取上げ婆さんから聞いています。それに女房は気が小さくてやさしい女です。もし、わたしが浮気をしたと知ったら、寝込んでしまうか、折角の子を流してしまうかもしれません。そうなったら……」

晋吉は泣きそうな顔をする。

「女房がいながら嫁入り前の娘を騙していたことにもなる。それもいただけぬことだ」

「はい」

晋吉はがっくりうなだれる。

「それで先方の娘さん、お道というらしいが、手は切ったのだな」

「はい。昨日、うまく話をして別れてきました。泣きつかれましたが、いい縁談が来ているのだからそれを断ったら親を困らせることになる。ここは忍従するしかないとうまく話をしてきました」

「それでお道殿は納得したのか？」

「しぶしぶながらわかってくれたと思います」

「この一件、近江屋は知っているのだろうか？」

清兵衛は例の二人が、坊主らしい男と侍といっしょに近江屋から出てきたのを見ている。そのことが気になっていた。

「もし、近江屋さんに知れていれば、文句の一つもいいに見えるでしょうが、いまのところそんなことはありません」

すると、あの連中は他の用事で近江屋を訪ねたのかもしれない。

「これまでいかほどねだられている？」

清兵衛は晋吉に顔を向けた。

「五十八両ばかりです」

大金である。

「ねだりに来るのは、英吉と和助という男だけか？」

「さようです」

「辰巳屋、おぬしを脅していたのもその二人なのだな」

清兵衛は作衛門に問うた。

「はい、倅の代わりにわたしが話をしたのですが、逆に脅されてしまいました」

「どう脅された？」

「出直してくる。あとで後悔しても知らないから、肚を括っておけといわれました。きっとあの二人はまた来ます。そのときはもっと金を寄越せというはずです。なにせ、こちらには弱味がありますので……」

作衛門は、はあと深いため息をつき、晋吉同様にうなだれる。清兵衛はそんな様子を見て心底困っているというのがよくわかった。

恐喝をする悪党は、同じことを繰り返す。味をしめて常習犯となることが多い。

おそらくあの二人は、何度も同じ脅しをかけて金を強請りにくるだろう。それに、彼らは近江屋を脅す種もにぎっている。放っておけば、近江屋にも累が及ぶのは考えるまでもない。

それにこの一件があからさまになれば、赤子を身籠もっている晋吉の女房の身体にも障るだろう。

(これはいまのうちに悪い芽を摘むべきだ)

清兵衛は一度くっと口を引き結んで、作衛門と晋吉を眺めた。

「よし、よくわかった。ならばわたしが一肌脱ごう」

「お頼みできますか」

作衛門が目をみはって身を乗り出せば、

「どうか桜木様、お願いいたします」

と、晋吉が平伏した。

清兵衛が辰巳屋を出たときには、西の空は暮れかかっており、町には薄靄が漂っていた。

清兵衛は和助と英吉が入っていった屋敷に足を運びながら、どう始末をつけるかを考えた。

穏便に話し合うことができればよいが、そうはうまくいかないはずだ。それに、辰巳屋には表沙汰にされたくない事情がある。

和助と英吉といっしょにいた男がいる。一人は恰幅のよい坊主、もう一人は侍だった。

その二人がこれから行く屋敷にいれば、少々面倒である。だからといって助っ人を頼むことはできない。

(とにかく話をしてからだ)

清兵衛は表情を引き締めた。

九

清兵衛は件《くだん》の屋敷の玄関前に立った。家のなかには明かりがあり、開け放された縁側からは人の話し声が漏れていた。

「ごめん」

清兵衛は戸をたたいて声をかけた。家のなかでしていた話し声がやみ、

「どなたで?」

という返事があった。

「桜木清兵衛と申す。夕餉時分に申しわけないが、話があってまいった」

一瞬の静寂ののち、足音が近づいてきて目の前の戸ががらりと開けられた。和

助か英吉かわからぬが、四角い顔にげじげじ眉だった。

「なんの話です？」

相手は清兵衛を嘗めるように見てから問うた。

「おぬし、辰巳屋に出入りしているらしいな。そのことでまいった」

「なに」

相手はげじげじ眉を動かしてにらみを利かせた。

「都合が悪いならわしにも考えがある」

「どんな考えがあるというんだい？」

清兵衛が武士だとわかっていても、ぞんざいな口の利き方をする。

「まあ、それは話次第だ。できぬならその首を洗って待つことだ。きさまも胸に手をあてて考えれば思いあたることがあるであろう」

清兵衛はひたと凝視していう。

「なんだと」

げじげじ眉は短く躊躇い、待っていろといって戸を閉めた。だが、すぐにその戸が開かれ、入ってくだせえと顎をしゃくった。

座敷には新川で見た坊主と侍がいた。そして、もう一人和助か英吉かわからないが丸顔の男。

「桜木清兵衛殿とおっしゃいましたが、どちらのお武家様で……」

そういって清兵衛を見るのは、坊主だ。恰幅のよい男で双眸《そうぼう》にはいやな光がある。壁に凭れている侍も、冷酷そうな目で見てくる。

「なに、わしは隠居侍でな。そのほうの名は？」

「勅使河原清秋と申します」

「ここはそなたの家であろうか？」

「さようです」

「すると、ここにいる二人の男はこの家の使用人であろうか？」

清兵衛はげじげじ眉と垂れ目で丸顔の男を見て聞いた。

「まあ、そんなものです」

「とすれば、勅使河原殿に灸《きゅう》を据えてもらわなければならぬ。この二人、辰巳屋の弱みにつけ込み金をせびり取っている。それも一度ならず何度もだ。勅使河原殿を真人間と見るゆえ申すが、ここにいる二人に二度と辰巳屋に脅しをかけないように、強く戒《いまし》めてもらいたい。むろん強請った金は返してもらう」

勅使河原は肉付きのよい顔を片手でするっと撫で、

「和助、このお方がそうおっしゃっているが……」

と、垂れ目の丸顔を見た。

こいつが和助というのかと、清兵衛は内心でつぶやく。すると、もう一人のげじげじ眉が英吉だ。

「脅しだなんて口が悪うござんす。あっしは辰巳屋と掛け合っているだけですぜ。なあ、英吉」

和助はげじげじ眉を見て同意を求めた。

「おう、相談しているだけだ。強請りだなんて口が悪いぜ」

英吉は清兵衛をにらむ。

「金は強請っておらぬと申すか？」

「強請りじゃねえよ。話し合ってちょいと都合してもらっているだけだ」

「すると辰巳屋の話とちがうな。先方はおぬしらに金をねだられたといっているんだがね。それも一両二両ではない。それから今日の日暮れ前に、わしはおぬしらが辰巳屋を脅しているのを見ている」

「桜木殿と申されるが、貴公は隠居侍であろう。何故、こんなことに首を突っ込まれる。辰巳屋に雇われましたか……」

清兵衛は勅使河原を直視した。人を食った顔をしている。

「人の道に外れた所業を知っては黙っておれぬからだ。雇われたわけではない」

「ならばお帰りいただきましょう。この二人と辰巳屋の話し合いでございましょう。関わりのない他人がしゃしゃり出てくることはない」

「恐喝は獄門だ。そのことをわかって申すか。そのほうはこの二人の主であろう。使用人の罪を知ってそれを隠すのもまた罪である」

「何をぬかされる。まるで御番所の役人の風情ではないか」

勅使河原の口調が変わった。壁に凭れている侍が、身を起こした。脇には大小を置いている。

「わしはな、隠居といったが、元は北町の与力であった」

勅使河原はにわかに驚いた顔をしたが、すぐに表情を戻し、

「ほう、そうやって脅されるか。わたしが御数寄屋坊主でも罪を被れとおっしゃるか」

と、余裕の体でいい放つ。

清兵衛は内心でそれがほんとうなら面倒だと思った。だが、恐喝紛いのことをしている二人が御数寄屋坊主に仕えているとは思えない。それにそばに控えてい

る侍も、まともな男には見えない。

「勅使河原殿が御数寄屋坊主なら、御数寄屋頭を当然ご存じのはず。いまはたしか二人の方が頭を務めていらっしゃる。どなたとどなたでござろうか？」

この問いに勅使河原の目に狼狽の色が浮かんだ。清兵衛は嘘だと見抜いた。

「教えてもらえませぬか」

勅使河原の目が動揺に変わった。

「御数寄屋坊主を騙《かた》っているなら、これまた見過ごしできぬこと。どうだ勅使河原殿、そなたの使用人の悪さを戒めてくだされまいか。そのうえで強請り取った金を返してもらいたい。もっとも辰巳屋にも落ち度があるようだから、強請った金の半分を返してもらう。さようなことで手打ちとしては……。いかがであろう」

清兵衛は勅使河原から隣の侍を眺め、和助と英吉を見、また勅使河原に視線を戻した。

勅使河原は一度咳払いをし、和助と英吉を見たあとで、

「桜木殿、話は相わかった。この二人とよくよく話をし、貴公のおっしゃるとおりであれば、仰せに従うことにいたしましょう。それでいかがでござろうか」

「ふむ」

清兵衛は短く考えた。勅使河原になにか思案があるのはわかるが、ここは一旦引き下がって様子を見てもよいと考え、

「ならば、そうしていただきましょう。さように辰巳屋にも伝えておきましょう」

そういって腰をあげた。

十

木戸門を出てすぐ背後に殺気を感じた。

清兵衛はやはりそう来たかと、内心でため息をついた。

（相手は一人、いやもっとか……）

心中でつぶやいた清兵衛は満天に散らばる星と、片隅に浮かんでいる月をあおぎ見て立ち止まった。

「桜木清兵衛、覚悟だ」

低い声がしたと同時に、刀が抜かれるのがわかった。清兵衛は即座に腰を低め

ながら刀に手をかけて振り返った。

　勅使河原の家にいた侍が真っ向から斬り込んでくる。半身をひねってかわした清兵衛は、愛刀二王清長《におうきよなが》三尺八寸を鞘走らせ青眼に構えた。

「わしの口を封じに来たか。とんだ悪党どもだ」

　清兵衛は相手を強くにらみ、隙を窺う。

「青木さん、助《すけ》を……」

　侍の背後にいる英吉が長脇差を構えていった。こやつ青木というのかと、目の前の侍をにらむ。

「助など無用だ。下がっておれ」

　青木は余裕の体でいい放つとそのまま地を蹴って斬り込んできた。袖が風をはらみ、刃風がうなりをあげた。清兵衛は青木の刀を擦り落として、突きを見舞ったが、下がってかわされる。

　青木がゆっくり右にまわる。青眼から右八相に変えている。

　清兵衛は静かに息を吐き、臍下《せいか》に力を入れる。小鬢《こびん》の毛が風にふるえ、夜風が頬を撫でていく。

　青木が詰めてきた。清兵衛がさっと刀を横に動かすと、青木の刀がぴくっと反応した。

「斬り合うなら遠慮はいたさぬ」

清兵衛は忠告した。

「小癪《こしやく》な」

星月夜に顔を照らされた青木は、眦《まなじり》を吊りあげて袈裟懸けに斬り込んできた。

きーん。

清兵衛は青木の刀を擦り払うと同時に、背後にまわり込むなり、肩口に遠慮のない一撃を見舞った。

「うぐっ」

青木はそのまま膝から頽《くずお》れ、俯《うつぶ》せに倒れ動かなくなった。峰打ちである。

倒された青木を見た和助と英吉が、驚き顔をしていたが、清兵衛がすっくと正対すると、

「こんちくしょう！」

と、喚《わめ》きながら英吉が突っかかってきた。

清兵衛は右足を踏み込みながら、英吉の顎を砕くように刀の柄頭を打ち込んだ。

「げふぉ」

英吉はのけぞって倒れた。しかし、背後から和助が斬りかかってきた。

「野郎ッ！」

威勢はよかったが、清兵衛には毫の油断もない。踵《かかと》を軸にしてくるっと反転すると、鳩尾《みぞおち》に柄頭をたたき込んだ。

「ぐげぇ」

和助は奇妙な声を漏らし、身体を二つ折りにして倒れた。だが、まだ気を失っていないのか、手を動かして落とした刀をつかもうとする。それを見た清兵衛は、和助の後ろ首にもう一度柄頭をたたきつけた。

和助はぐうの音も出せず、そのまま気絶した。

一瞬にして三人を倒した清兵衛は、青木の刀の下げ緒を使い、青木の両腕を後ろにまわして縛りあげ、さらに和助と英吉の帯を引き抜き、あっという間に高手小手に縛《いまし》めた。

清兵衛は気を失って倒れている三人をうっちゃって、そのまま勅使河原清秋の家に戻った。がらりと戸を引き開けると、

「おう、始末してきたか」

という声が座敷からあった。

清兵衛が雪駄のままずかずかとあがり込んで行くと、座敷で煙管をくゆらせていた勅使河原が驚き顔をして、紫煙を口から漏らし片手を後ろについた。

「始末してきたさ。勅使河原清秋、観念することだ。きさまらの悪事、とくと詮議せねばならぬ」

勅使河原は片手に持っていた煙管を投げつけると、近くにあった刀をつかもうとした。しかし、それは叶わなかった。清兵衛の手にある刀が素早く動き、後ろ首を打ちたたかれたからだ。

勅使河原は一瞬、目を白黒させて大きな身体を横たえ気を失った。

「やれやれだ」

清兵衛は大きく息を吐き出すと、衝立《ついたて》に掛かっていた細帯を使って勅使河原の両手両足をきつく縛り、表にうっちゃっていた三人を家のなかに運び入れた。

その後、近所の店を訪ね、

「夜分にすまぬが、使いを頼まれてくれぬか。急ぎ知らせなければならぬことがあるのだ。相手は八丁堀に住む北御番所の吟味方与力、大杉勘之助だ。中間と小者も連れてくるようにいってくれ」

清兵衛はそういって勘之助の屋敷の場所を詳しく教え、すぐ近くにある勅使河原清秋の家に連れてくるように頼んだ。

用を申しつけられた店の者は、訪ねる先が御番所の与力だと知り、すっ飛ぶようにして駆けていった。

そのあとで清兵衛は勅使河原の家に戻り、がんじがらめにされ身動きできない四人の小悪党を、勝手に淹れた茶を飲みながら眺めていた。

「いったい何事であるか？」

小半刻もせずにやってきた勘之助は、座敷にいる四人を見て驚き、清兵衛に顔を向け直した。

「こやつらは、おそらくほうぼうで恐喝をはたらいている小悪党だ。よくよく吟味すればわかるであろう」

清兵衛はそういったあとで、強請られていた辰巳屋の一件を手短に話した。

「なぜ、そのようなことを知った？」

勘之助の問いは当然であろうから、清兵衛はその経緯を簡略に話したあとで、

「さりながら胸に留めておいてもらいたいことがある。辰巳屋が脅されていたことが表沙汰になれば、赤子を孕んでいる晋吉の女房の身体が心配だ。それに、新川の酒問屋近江屋の娘は嫁入り前で、ケチな味噌がつくことになる」

「つまりは他の罪状をこやつらに吐かせろということか」

「おぬしならできるはずだ。頼まれてくれ」

勘之助は苦々しい顔をしたが、

「他でもないおぬしの頼みなら仕方あるまい」

と折れ、連れてきた小者に自身番に行き、町役人を連れてくるように指図した。

「勘の字、これから先はおぬしの仕事だ。よしなに頼む」

清兵衛がそういうと、勘之助はあきれ顔をしながら、

「きさまというやつは」

と、ぼやいた。

十一

五日後、清兵衛は呉服橋《ごふくばし》のそばにある茶屋に、勘之助と並んで座っていた。

勘之助は勤務中なので継裃《つぎかみしも》に白足袋に雪駄というなりだが、清兵衛はいつもの楽な着流しである。

「やはり、勅使河原清秋は御数寄屋坊主ではなかったのだな」

清兵衛は勘之助の話を聞いて、緋毛氈に置かれた湯呑みをつかんだ。

「あれは無役の小普請坊主だ。親戚に茶坊主がいたらしく、その親戚からあれこれ御坊主衆の話を聞いて女犯の僧を恐喝しておった。いったい何人ほどから金を強請り取ったかを問うたが、なかなか口を割らぬ。それで手下の英吉と和助を拷問に掛けたら、ぺらぺらとしゃべりやがった。聞いてあきれたが、おれの知っている寺の僧もそのなかにいた」

「その僧はどうなるのだ？」

「御奉行の裁きになるが、此度《こたび》のことをあれこれ考え忖度《そんたく》してくださるだろう。おそらく屹度《きっと》叱り程度ですむはずだ」

勘之助が御奉行というのは、罪を犯した僧侶を裁く寺社奉行のことである。

「さようか。それで、辰巳屋と近江屋のことはどうなった？」

これが気になるところである。

「おぬしにいわれたように、それは問わぬことにした。やつらも、そのことを取り沙汰されたらその分刑が重くなるから都合がよいはずだ。口書《くちがき》には書いておらぬ。そうはいっても、重罪は免れぬだろう」

「それはよかった。やはりあのとき、おぬしを呼んでよかった。他のやつだったら融通が利かなかったかもしれぬからな」

「まあ、御奉行よりお褒めをいただいた。よき手柄であるとな」

「それはますますよかった」

「さて、おれはそろそろ戻らねば」

勘之助はそういって立ちあがった。

「勘の字、大儀であるな。だが、一つ頼みがある」

「なんだ？」

「近いうちに鰻《うなぎ》か天麩羅を馳走しろ」

「何をぬかしやがる。人に世話をかけさせたくせに」

「そうはいうが、おぬしは手柄を立てられたではないか。芸者をあげろといっているのではない」

「こやつ、おれにねだるとは……」

勘之助は首を振って、あきれたやつだとつぶやき、苦笑しながら歩き去った。

茶屋に残った清兵衛は、ゆっくり残りの茶を口に含んだ。お堀の向こうに北町奉行所があり、その屋根が明るい秋の日射しを照り返していた。

（さて、わしも行かなければならぬな）

清兵衛はしばらくしてから茶屋をあとにした。

行き先は辰巳屋である。作衛門と晋吉は、おそらくその後の始末がどうなったか、気が気でない日を送っているにちがいない。しかし、もう強請られる心配はない。

清兵衛は勅使河原清秋らの吟味が済んでから報告に行こうと決めていたのだった。

辰巳屋を訪ねると、帳場に座っていた晋吉が、驚いたような顔を向け、尻を浮かした。

「これは桜木様、いつお見えになるかと首を長くして待っていたのでございます。どうぞおあがりください」

晋吉は忙しない所作で清兵衛を奥座敷にいざない、すぐに主の作衛門を呼んできた。二人とも不安の色を隠しきれない顔をしていた。

「それでどうなったんでございましょうか？」

作衛門はかたい表情で問うてくる。

「安心いたせ。あの者らの後ろには、もっと不届きな男がついておった。御数寄屋坊主を騙る悪党だ。名を勅使河原清秋という。あの二人はその勅使河原にいいように使われ、悪事をはたらいておったのだ」

「するとうまく話がついたのでございますね」

「恐喝を繰り返していたやつらだ。牢屋敷送りののち獄門であろう」

「えっ、御番所でお裁きを受けたということでございますか。すると手前どものことも取り沙汰されたのではございませんか」

作衛門は青くなって、晋吉と顔を見合わせた。

「懸念に及ばず。おぬしらのことも、近江屋のことも口書には書かれておらぬ。差紙が来ることもなかろう」

「ま、まことでございますか……」

「心配はいらぬ。これからは安心して商売に励めばよい。ただし、晋吉」

「はい」

晋吉は背筋を伸ばして畏《かしこ》まった。

「可愛い女房があるのに遊びが過ぎたな。向後はおのれを律してはたらくことだ」

「それはもう、十分に……」

晋吉は平身低頭する。

「ただし、そなたが強請り取られた金はあきらめろ。その金がこの店のものだと知れたら調べが入ることになるので伏せてある。むろん、わたしはくすねたりはしておらぬ」

「それはもう。はい、よくわかりました。晋吉、その分おまえにははたらいてもらわなけりゃならぬ」

作衛門はやっと安堵した顔で晋吉を見た。

「おとっつぁん、骨身を惜しまずはたらくと約束します」

「とにかくさようなことだ。今夜から枕を高くして寝るがよかろう。では、わたしはこれにて……」

清兵衛がそういって腰をあげようとすると、

「ああ、お待ちくださいませ」

と、作衛門が慌てて引き止めた。

「こんなお世話をしていただいたのに、手ぶらでお返しするわけにはまいりません。少しお待ちくださいませ」

「いやいや作衛門、何もいらぬ。武士は施《ほどこ》しは受けぬもの。まして他人にねだるのは武士の恥。その代わり、一つ頼みがある」

「なんでございましょう？」

「わたしが元御番所に勤めていた与力だというのは、他言しないでもらいたい。この界隈で知られると、どうにも暮らしにくくなるのだ。わたしはただの隠居侍と思われているほうが気が楽なのだ。晋吉、さようなことだ。わかってくれ」

「そうおっしゃるなら、そのとおりにいたしますが、手前どもの気持ちだけでも受け取っていただきたいのですが……」

「いらぬいらぬ。何もいらぬ」

清兵衛は固辞して辰巳屋を出た。

何だか肩の荷が下りた気がした。何の得にもならぬことではあったが、気持ちは清々しい秋の空と同じだった。

「さてさて、今夜はうまい酒でも飲もうか……」

清兵衛は独りごち、のんびりと足を進めた。

この作品は文春文庫のために書き下ろされたものです。

DTP制作　エヴリ・シンク

文春文庫

武士《ぶし》の流儀《りゆうぎ》（八）

定価はカバーに
表示してあります

2023年2月10日　第1刷

著　者　稲《いな》葉《ば》稔《みのる》

発行者　大沼貴之
発行所　株式会社　文藝春秋

東京都千代田区紀尾井町 3-23　〒102-8008
TEL　03・3265・1211㈹
文藝春秋ホームページ　http://www.bunshun.co.jp

落丁、乱丁本は、お手数ですが小社製作部宛お送り下さい。送料小社負担でお取替致します。

印刷製本・大日本印刷

Printed in Japan
ISBN978-4-16-791997-9